アーモンド

ソン・ウォンピョン 著
矢島暁子 訳

祥伝社文庫

ダンへ

アーモンド　もくじ

아몬드

Originally published in Korea by Dazzllng, Inc.
This Japanese edition is published by arrangement with
Dazzllng, Inc.
through KL Management in association with CUON Inc.

Original cover design by Yoon JungWoo

アーモンド

プロローグ

僕には、アーモンドがある。
あなたにもある。
あなたの一番大事な人も、それを持っている。
一番嫌っている誰かも、それを持っている。
誰もそれを感じることはできない。
ただ、それがあることを知っているだけだ。

一言で言うと、この物語は、怪物である僕がもう一人の怪物に出会う話だ。でも、その結末が悲劇なのか喜劇なのかをここで語るつもりはない。第一に、結論を話したとたんに、話はすべてつまらなくなってしまうから。第二に、同じことかもしれないが、そのほうがあなたとこの物語を共有できる可能性が少しは高くなると思うから。そして第三に、最後に言い訳をさせてもらうなら、実際の話、どんな物語でも、本当のところそれが悲劇なのか喜劇なのかは、あなたにも僕にも、誰にも永遠にわからないことだから。

第一部

1

その日、一人が怪我《けが》をし、六人が死んだ。まず、母さんとばあちゃん。次に、男を止めに入った大学生。それから、聖歌隊の行進の先頭に立っていた五十代のおじさん二人と警察官一人。そして最後は、その男自身だった。彼は、正気の沙汰《さた》ではないこの殺傷事件の最後の対象に自らを選んだ。自分の胸深くナイフを突き刺した男は、他の犠牲者たちと同じように、救急車が到着する前に息絶えた。僕は、そのすべてのことが目の前で繰り広げられるのを、ただ見つめているだけだった。

いつものように、無表情で。

2

最初の事件は、六歳[1]の時に起きた。兆候はずっと前からあったが、六歳になってそれが水面上に姿を現したのだ。母さんが、いつかは、と恐れていたことだったが、思っていたよりは少し遅かった。それで油断していたのかもしれない。その日、母さんは僕を迎えに来なかった。あとになって知ったことだが、母さんはその日久しぶりに、実に何年かぶりに父さんに会いに行ったそうだ。もうあなたを忘れる、ほかの誰かと付き合うというわけではないけれど、とにかく忘れる、と納骨堂の色褪《いろあ》せた壁を拭《ふ》きながらそう言ったそうだ。こうして母さんの愛が終わりを迎えたその時、分別のない愛がもたらした招かれざる客である僕は、完全に忘れられていた。

子どもたちがみんな帰ってしまって、一人残された僕は悠々と幼稚園を抜け出した。六歳の男の子が家の場所についてわかることといったら、陸橋の向こうのどこかにあるということくらいだった。陸橋を上り、欄干《らんかん》の隙間《すきま》から首を突き出した。下には車が滑《すべ》るようにビュンビュン走っている。ふと何かで見たのを思い出し、口の中いっぱいに唾《つば》を溜《た》めた。唾を垂らして下を走る車に当てるのだ。でも唾は、車に届く前に、途中でどこかへ消えてしまう。何度か同じことを続けていると、体がふわりと浮いたような感じがして、くらくらした。

「何やってるの！　汚いわね」

顔を上げると、通りかかったおばさんが僕を睨《にら》んでいた。おばさんは目的地へと走り去る車と同じように、その言葉だけを残して滑るように通り過ぎていき、僕はまた一人残された。陸橋の下へ降りる階段は四方に伸びていて、どれを降りていったらいいのかわからなかった。どっちに行っても階段の下に見える風景は、右も左もまったく同じ冷たい灰色だった。鳩《はと》が何羽か、バタバタと音を立てて頭の上を横切った。僕は鳥たちが向かう方向に付いていくことにした。

道を間違えたことに気付いたのは、すでにだいぶ来てしまってからだった。その頃、幼稚園では「進め」[2]という歌を習っていた。この歌の歌詞のように、地球は丸いから、とにかく前へ進んでいけばいつかは家にたどり着くはずだ。だから僕はただひたすら、短い足を思いっきり広げてずんずんと前へ進んだ。

大通りから路地に入っていくと、両側には古ぼけた家々が並んでいた。人の気配は感じられなかった。崩れかかったコンクリートの壁のあちこちに、意味のわからない数字や「空き家」という文字が赤いペンキで大きく書いてある。

突然、あ、と小さく叫ぶ声が聞こえた。あ、だったか、お、だったか。あああ、だったかもしれない。とにかく小さくて短い叫び声だった。声のする方へ歩いていった。だんだん近くなると、その叫び声は、う、になり、いいい、にもなった。声は角の向こうから聞こえてきた。僕は急いで角を曲がった。

子どもが一人、地面に横たわっていた。年の頃はわからなかったけれど、小さな男の子だった。その子の上に、いくつかの黒い影が取り憑《つ》かれたように覆《おお》いかぶさったり離れたりを繰り返していた。男の子は殴《なぐ》られていた。短い叫び声はその子が上げているのではなく、取り囲んだ黒い影から出てくる気合いのような声だった。彼らはその子を足蹴《あしげ》にして唾を吐いた。あとになって、彼らがまだ中学生だったことがわかったけれど、その時僕の目に映った影は、大人のように長く巨大だった。

男の子はすでに相当殴られていたようで、抵抗することも声を上げることもできなかった。布でできた人形のように、ただあっちへこっちへと投げ飛ばされるばかりだった。彼らのうちの一人が、仕上げをするかのように男の子の脇腹を蹴りあげた。そして彼らは姿を消した。赤い絵の具をかぶったように、その子の全身が血に染まっていた。僕はその子に近寄った。僕よりも年上に見えた。十一歳か十二歳、ということは僕の歳の倍くらい。でも、お兄さんという感じはせず、子どもにしか見えなかった。その子の胸は、生まれたての子犬のように短く浅い息で大きく上下していた。かなり危険な状態だということだけはわかった。

僕はもう一度同じ角を曲がって道を戻った。相変わらず人の気配はなく、灰色の壁の赤い文字だけが目にちらついた。しばらく歩き回った末に、ようやく小さな店が目に入った。引き戸を開けて中に入り、店のおじさんに声をかけた。

「おじさん」

テレビには「家族娯楽館」が映っていた。おじさんは、テレビを見ながらずっと笑っていて、僕の声が聞こえないみたいだった。耳栓をした出演者たちが男女二つのチームに分かれて、前の人の口の形だけを見て、言っている単語を推測し、次の人に伝えていく伝言ゲームの番組だ。伝えなければならない単語は「戦々恐々」だった。どうしてその単語が記憶に残っているのかはわからない。僕はその頃、戦々恐々がどんな意味かも知らなかったのに。とにかく、若い女性の出演者が何度もとんちんかんな単語を言って、観客席と店のおじさんの笑いを誘っていた。結局、制限時間が終了し、女性チームはその問題を外してしまった。おじさんも残念そうに舌を鳴らした。僕はもう一度、

「おじさん」

と呼んだ。

「ん？」

おじさんが首を回し、僕は、

「向こうの道に誰か倒れています」

と言った。おじさんは、

「ふうん」

と大したことではないというように返事をして姿勢を戻し、またテレビに向き直った。

テレビでは、逆転をかけた高得点問題で両チームが対決しようとしているところだった。

「もしかしたら死んじゃうかもしれません」

僕は、陳列棚に整然と並んだキャラメルの箱をいじくった。

「そうか」

「はい、そうです」

ようやく、おじさんの視線が僕に向けられた。

「恐ろしいことを平気で言うんだな。嘘《うそ》を言っちゃいけないよ」

僕は、しばらく黙って、おじさんを説得する言葉がないか探してみた。でも幼かった僕は知っている単語もあまりなくて、いくら考えても、ほかに信じてもらえそうな言葉は思い浮かばなかった。

「死んじゃうかもしれません」
同じ言葉を繰り返すしかなかった。

3

警察に通報しただけで、そのままテレビを見続けるおじさんを待っている間、キャラメルの箱をいじくっている僕を見かねたおじさんが、何も買わないのなら帰れと言ったりしている間、それでもなかなか来ない警察が到着するのを待っている間、僕はずっと、冷たい地面に横たわっているはずの男の子のことを考えていた。その子は、とっくに息絶えていた。

問題は、その子がまさにそのおじさんの息子だったということだ。

僕は、警察署内のベンチに座って、床に届かない脚をぶらぶらさせた。前後に揺れる脚の動きが、冷たい風を起こしていた。外はもう真っ暗で、眠気が押し寄せてくる。ふっと眠りに落ちたその瞬間、母さんが警察署のドアを押して入ってきた。母さんは僕を見たとたん泣きわめいて、痛いくらいに僕の頭をなでまわした。再会の喜びも冷めやらぬうちに、もう一度警察署のドアがガチャッと開いた。顔じゅうを涙でぐしゃぐしゃにしたおじさんが、警察官に体を抱きかかえられて泣き叫びながら入ってきた。テレビを見ていた時の表情とはまったく違っていた。おじさんは、倒れるように膝《ひざ》から崩れ落ちると、体を震わせながらこぶしを床に叩《たた》きつけた。そして突然体を起こすと、僕を指さして声を張り上げた。何を言っているのかよくわからなかったが、僕が理解できたのはこんなことだった。

——おまえがもっと真剣に言ってくれていたら、手遅れにならなかったんだ。

横で警察官が、こんな小さな子にわかりっこないだろうとなだめながら、倒れそうなおじさんをやっとのことで支えていた。僕はおじさんの言葉には同意しかねた。僕はずっと真剣だった。ただの一度も、笑ったりふざけたりしなかった。それなのにどうして、そんなふうに怒鳴《どな》られなければならないのかわからなかった。でも、六歳の子どもの少ない語彙《ごい》ではそんな疑問を言い表すことができるはずもなく、ただ黙っていた。僕の代わりに、母さんが声を張り上げた。警察署の中は一瞬にして、子どもを失った者と子どもを見つけた者の罵《ののし》り合いの修羅場と化した。

その晩、僕はいつものようにおもちゃのブロックで遊んだ。キリンの長い首を下に折ると象になる。母さんが僕の頭のてっぺんからつま先までまじまじと見つめていた。

「怖くなかった？」

と母さんが尋ね、

「うん、怖くなかったよ」

と僕は答えた。

その事件、つまり僕が、人が殴られて死ぬのを表情ひとつ変えずに見ていたという話は、なぜかたちまち広まった。それ以来、母さんが心配していたことが立て続けに起こるようになった。

小学校に入学すると、問題はより深刻になった。ある日学校帰りに、僕の前を歩いていた女の子が石につまずいて転んだ。倒れたまま道を塞《ふさ》いでいる女の子が立ち上がるのを待ちながら、僕はその子の髪を結んでいるミッキーマウスのヘアゴムをじっと見つめていた。でも、その子は倒れたまま泣くばかりだった。突然、その子のお母さんが現れて、女の子を抱き起こした。そして、僕を睨みつけて舌打ちした。

「友だちが怪我してるっていうのに、大丈夫って声をかけることもできないの？　噂《うわさ》には聞いてたけど、この子本当に普通じゃないわね」

何と答えたらいいのかわからず、僕は口を開かなかった。何か「事件」が起きたらしいと感づいた子たちが周りに集まってきて、ひそひそと話している声が耳に入ってきた。よくわからなかったけれど、おばさんの言った言葉をただ繰り返しているだけのようだった。その時僕を救ってくれたのは、ばあちゃんだった。ばあちゃんは、映画のワンダーウーマンのようにどこからか登場して、僕をひょいと抱き上げた。

「めったなこと言いなさんな。転んだのは運が悪かっただけだろう、なんで他人《ひと》のせいにするのさ？」

ばあちゃんはおばさんをがつんと一喝《いっかつ》すると、子どもたちにもひとこと言うのを忘れなかった。

「何を面白がって見てるんだ？　ろくでもないガキどもだ」

みんなとかなり離れてから、ばあちゃんの顔を見上げた。怒りが収まらないのか、きゅっと閉じた口がぐっと前に突き出ていた。

「ばあちゃん、どうしてみんな僕のこと変だって言うの？」

ばあちゃんは、突き出た口を引っ込めた。

「おまえが特別だからだろ。人っていうのは、自分たちと違う人間がいるのが許せないもんなんだよ。よしよし、うちのかわいい怪物や」

ばあちゃんが、砕けてしまうんじゃないかと思うほど僕を強く抱きしめるので、あばら骨が痛かった。ばあちゃんは、以前からよく僕のことを〝怪物〟と呼んでいた。その言葉は、少なくともばあちゃんにとっては悪い意味ではなかった。

4

正直、ばあちゃんがつけてくれたこの愛情のこもったニックネームを理解するのには、少し時間がかかった。本に出てくる怪物はかわいくなかった。いや、そもそも怪物というのは決してかわいくないものなのだ。それなのにどうしてばあちゃんは、僕を〝かわいい怪物〟と呼ぶのだろう。矛盾した言葉をあえてつなげて意味を表す「逆接」という表現方法があることを知ってからも、ばあちゃんが強調したいのは、〝かわいい〟なのか〝怪物〟なのかよくわからず、頭がこんがらがった。とにかく、僕を愛しているからそう呼ぶんだとばあちゃんが言うので、僕はその言葉を信じることにした。

母さんは、ばあちゃんからミッキーマウスの女の子の話を聞いたとたん、涙があふれ出て止まらなくなった。

「いつかはこうなると思ってた……。でもこんなに早く知られてしまうなんて……」

「聞きたくないね！　泣き言を言いたいんなら、自分の部屋に行って、ドアをきっちり閉めてから言いな」

突然の怒鳴り声にいったん涙が止まった母さんは、じろっとばあちゃんを睨むと、今度はもっと大きな声で泣き出した。ばあちゃんはチッチッと舌打ちをして、やれやれと首を横に振ったかと思うと、ふう、とため息をついて、放心したように天井の隅《すみ》を見上げた。ばあちゃんと母さんの間で何度も繰り返された典型的な光景だった。

こうなると思っていたという言葉の通り、僕に対する母さんの心配は長年にわたるものだった。生まれたばかりの頃から、僕はほかの子たちと違っていたから。どう違っていたのかというと、

僕は笑うことがなかった。

初めはただ、少し発達が遅れているだけだろうと思っていた。しかし育児書には、赤ちゃんは生後三日で笑い始めると書いてある。母さんは、指を折って日にちを数えてみた。ペギル[3]が近づいていた。

笑わない魔法にかかったお姫様のように、僕はにこりともしなかった。母さんは、お姫様の心をつかもうとする異国の王子様のように、あらゆる方法を試してみた。手を叩いたり、いろんな色のガラガラを買ってきて順番に振り鳴らしたり、童謡に合わせてコミック

ダンスも踊ってみた。そして疲れると、ときどきベランダに出てタバコを一服した。僕がお腹《なか》にいることがわかってからなんとかやめていたタバコだった。当時母さんが撮った映像を観たことがある。汗だくになって僕をあやしている母さんの前で、ただじっと母さんを見つめるばかりの幼い僕。赤ん坊の目つきにしては、あまりにも深くて静かだ。

　とにかく、母さんは僕を笑わせるのに失敗した。病院では特に何も言われなかった。笑わないというだけで、乳幼児健診の結果、僕の身長や体重、行動の発達は、その歳の子どもの平均的なものだった。大したことではないと考えた町の小児科の医者は、赤ちゃんは元気にすくすくと育っているから心配いらないと言って、母さんを帰した。母さんも、僕がただほかの子よりちょっと無愛想なだけだと、何とか自分を慰《なぐさ》めようとした。けれどもトル[4]を迎える頃、本当に心配しなければならないことが起こった。

　ある日、母さんは熱湯の入った赤いやかんをテーブルの上に置いた。粉ミルクを取ろうと母さんが後ろを向いている隙に、僕はやかんに手を伸ばし、次の瞬間、やかんがテーブルから落ちた。やかんがひっくり返り、熱湯が床にこぼれた。今もかすかに残っているやけどの痕《あと》はその時のものだ。僕は火が付いたように泣き、母さんは僕がこれからは熱湯や赤いやかんを怖がるようになるだろうと思った。赤ちゃんは普通みんなそうだから。ところがそうはならなかった。僕は熱湯もやかんも怖がらなかった。中に入った水が冷たかろうが熱かろうが、相変わらず赤いやかんを見れば手を伸ばした。

それだけではない。いつも周囲を怒鳴りちらしている、下の階に住む片目が見えない爺《じい》さんも、爺さんがマンションの花壇に繋《つな》いでいる大きな黒い犬も、僕には怖い存在ではなかった。僕は、平気でそばによって眼病で白く濁《にご》った爺さんの瞳をじっと見つめ、母さんがちょっと目を離した隙に、鋭い歯をむき出して獰猛《どうもう》に吠《ほ》えたてる犬に近づいて手を差し出した。隣の家の子が、その犬に噛《か》みつかれて血を流しているのを見たあとも同じだった。母さんが慌《あわ》てて飛んできたのは一度や二度ではない。

そんなことが何度かあって、母さんはときどき僕の知能が低いのではないかと心配したが、見た目や行動からは、特に知能が低いと判断する根拠は見つからなかった。僕のことをどう理解したらよいのかよくわからなくなった母さんは、母さんらしく良い方に解釈することにした。

——同い年の子に比べて物おじしない、落ち着きのある子。

母さんの日記には、僕はそう描写されている。

とは言っても、満で四歳になってもめったに笑わないとなると、不安がピークに達するのも当然だ。母さんは僕の手を引いて、大きな病院を訪ねた。まさにその日が、僕の記憶に刻まれた最初の日だ。水の中で見ているようにゆらゆら揺れて、ときどき鮮明になる場面。

白い上着を着た男の人が、僕の前に座っている。その人が満面に笑みをたたえていろんなおもちゃを順番に見せてくれる。そのうちのいくつかは、僕をあやすように振って見せたりもする。それから、僕の膝の下を小さなハンマーでとんとんと叩く。思いがけず、大きく揺れるブランコみたいに、脚がぴょんと宙に跳ねあがる。次に僕のわきの下のあたりに手を入れる。僕はくすぐったくて少し笑ってしまう。そして今度は、その人が写真を見せていくつか質問をしてくる。その中の一枚の写真は、はっきりと記憶に残っている。

「写真のこの子は泣いてるよね。お母さんがいなくなったからなんだ。この子はどんな気持ちかな?」

僕は何と答えたら良いかわからず、隣に座った母さんを見上げる。母さんは、にっこり微笑《ほほえ》んで僕の頭をなでてくれる。そして、下唇をそっと噛む。

それから間もないある日、母さんは宇宙旅行に行くよと、僕をどこかへ連れていった。でも、着いた所は病院だった。どこも痛くないのにどうしてここへ来たのか尋ねても、母さんは答えてくれない。僕は、冷たい台の上に横になる。白い筒の中に吸い込まれていく。ティッティッティッ。おかしな音が鳴る。それで、宇宙旅行はあっけなく終わった。

再び場面が変わると、急に白い上着の男の人が増えている。その中で一番歳をとっていそうな男の人がぼやけた白黒写真を見せて、僕の頭の中を撮ったものだと言う。嘘だ。よくよく見たけれど、あれは僕の頭なんかじゃない。それなのに母さんは、その明らかな嘘を信じてでもいるかのように、しきりにうなずく。その人が口を開くたびに、横でほかの男の人たちが何かを書き留める。僕はちょっと退屈になって、脚をぶらぶらと揺らす。その脚が医者の机に何度も当たる。母さんが、やめなさいと言って僕の肩に手を載せる。見上げた母さんの頬《ほお》には、涙が流れていた。

それからのその日の記憶は、母さんが泣き続ける姿だけだ。母さんは、泣いて、泣いて、泣き続ける。待合室に出てからもその調子だ。テレビでアニメをやっているのに、母さんのせいで集中できない。宇宙戦士が悪党をやっつけても、母さんは泣くばかりだ。待合室で隣に座ってうとうとしていたおじいさんがついに怒鳴り声をあげた。めそめそと不幸がるのもいい加減にしろ、さっきからうるさくてしょうがない！　母さんはようやく、叱《しか》られた女子中学生のように唇をきゅっとつぼめ、それでも体だけが揺れている。

5

母さんは、僕にアーモンドをたくさん食べさせた。僕はアーモンドならアメリカ産を手始めにオーストラリア産、中国産、ロシア産まで、韓国に輸入されているものはすべて食べてみた。中国産はくせのある苦い味がして、オーストラリア産はなんだか少しすっぱくて渋い土の臭いがする。韓国産もあるが、僕の口にはやはりアメリカ産、中でもカリフォルニア産が一番だ。ここで、太陽の光をたっぷりため込んでほのかに茶色の光沢《こうたく》を帯びたカリフォルニア産アーモンドの、僕だけの食べ方をお教えしよう。

まず、アーモンドの袋を手に取って、中の実の触感を楽しむ。袋の上から感じるアーモンドは意地を張ってるみたいに硬い。袋の上部をていねいに切り取り、保存用の密封チャックを開ける。目は閉じていること。そして、袋の中に鼻を突っ込みながら、ゆっくりと息を吸う。少しずつ、ときどき息を止めながら、吸い込むのだ。香りが体の奥まで到達する時間を最大限確保するために。そしてついにアーモンドの香りが体の奥深くまでいっぱいになったら、一握りの半分くらいを手に取って口の中に放り込む。舌でアーモンドのきめを感じながら、しばらく口の中で転がす。先の尖《とが》ったところを突っついてみたり、アーモンドの表面の溝を舌でなぞってみたりする。あまり長い間やってはならない。アーモンドが唾でふやけると、味がなくなってしまうからだ。これはただクライマックスを迎える準備の過程に過ぎない。短いとつまらないし、長いとインパクトがなくなってしまう。適当なタイミングは、あなたが自分で見つけなければならない。クライマックスに向かうときは、アーモンドがだんだん大きくなると想像してみる。手の爪ほどのアーモンドが、ブドウの実くらいに、キウイくらいに、オレンジくらいに、スイカくらいにと、だんだん大きくなる。もうアーモンドがラグビーボールほどに膨らんだ。まさにそのときだ。ガリッと噛む。するとボリボリいう音とともに、遥か遠いカリフォルニアから届いた陽《ひ》の光が口の中に広がっていく。

あえてこんな儀式を行う理由は、アーモンドが好きだからではない。毎日三食、食卓には必ずアーモンドが上った。食べないで済ませるわけにはいかなかった。だから僕なりに食べ方を工夫してみたのだ。母さんは、アーモンドをたくさん食べれば、僕の頭の中のアーモンドも大きくなると考えた。それが、母さんの支えになる数少ない希望の一つだった。

人は誰でも、頭の中にアーモンドを二つ持っている。それは耳の裏側から頭の奥深くにかけてのどこかに、しっかりと埋め込まれている。大きさも、見た目もちょうどアーモンドみたいだ。アーモンドという意味のラテン語や漢語から、「アミグダラ」とか「扁桃体《へんとうたい》」と呼ばれている。

外部から刺激があると、アーモンドに赤信号が灯《とも》る。刺激の性質によって、あなたは恐怖を覚えたり気持ち悪さを感じたりして、そこから好きとか嫌いとかの感情が生まれる。ところが僕の頭の中のアーモンドは、どこかが壊れているみたいなのだ。刺激が与えられても、赤信号がうまく灯らない。だから僕は、周りの人たちがどうして笑うのか、泣くのかよくわからない。喜びも悲しみも、愛も恐怖も、僕にはほとんど感じられないのだ。感情という単語も、共感という言葉も、僕にはただ実感の伴わない文字の組み合わせに過ぎない。

6

医者たちが僕に下した診断は、失感情症とも呼ばれるアレキシサイミア※だった。症状などからいってアスペルガー症候群とは考えられず、ほかの発達項目には問題がないので自閉症とも言えなかった。失感情症の人は自分の感情をうまく表現できないと言われるが、僕の場合は、表現できないだけでなく、そもそも感じることが苦手なのだ。言語中枢《ちゅうすう》のブローカ野《や》やウェルニッケ野に損傷を受けた人たちのように、言葉を作り出したり理解したりするのに問題があるわけではない。感情をあまり感じることができず、人の感情がよく読めず、感情の名前がごちゃごちゃになってしまうのだ。医者たちは、先天的に僕の頭の中のアーモンド、つまり扁桃体が小さいうえに、大脳辺縁系と前頭葉の間の連絡がうまくいかないのでこうなったのだろうと口を揃《そろ》えた。

扁桃体が小さいと現れる症状の一つに、恐怖心を知らないということがある。勇敢で羨《うらや》ましいと思ったら大間違いだ。恐怖心とは、生命維持のための本能的な防御メカニズムなのだ。恐怖を知らないというのは、勇敢なのではなく、車が突進してきてもただ突っ立っているだけの愚か者という意味だ。僕はさらに運が悪かった。恐怖心が鈍化しているだけでなく、僕のようにどんな感情もあまり感じることができないケースはとても珍しかった。別段、知能が低い様子がないことが、不幸中の幸いだった。

医者たちは、脳は人によって違うので、僕の場合、これからどうなるかはもう少し様子を見なければならないと言った。何人かからはちょっと耳寄りな提案もあった。まだ明らかになっていない脳の神秘を解明するのに、僕が大きな役割を果たせるかもしれないということだった。大学病院の研究チームは、僕が大きくなるまでいろんな臨床実験をして、学会で報告する長期プロジェクトに協力してほしいと依頼してきたのだ。実験協力への謝礼の提供はもちろんのこと、研究結果によっては、ブローカ野やウェルニッケ野のように、脳の一部分に僕の名前が付けられるかもしれないと付け加えた。〝ソン・ユンジェ野〟。しかし、とっくに医者たちにうんざりしていた母さんは、言下に断った。

とりあえず、ブローカとウェルニッケが実験対象者ではなく、研究者の名前だったことを母さんが知っていたのが大きい。母さんは近所の区立図書館に毎日のように通って、脳に関するさまざまな本を読み漁《あさ》っていたからだ。医者たちが、僕を人間ではなく興味深い肉の塊《かたまり》としてしか見ていないのも気に入らなかった。母さんは、医者たちが僕を治療できるかもしれないという期待を早々に捨てた。せいぜい、変な実験をしたり、未検証の薬を飲ませたあと僕の反応を観察して、学会で自慢して終わりでしょ。それが母さんの考えだった。だから母さんは、多くの母親が興奮するとよく口走る、お決まりの、でもあまり説得力のない言葉を吐いた。

「子どものことは、母親の私が一番よくわかってます」

病院通いと縁を切った日、母さんは病院の前の花壇に唾を吐いてこう言った。

「自分の頭の中もわからない連中のくせに」

母さんはときどき、そうやって突然ひとり鼻息を荒くすることがあった。

7

母さんは、妊娠中のいろんなストレスや、こっそり吸った一、二本のタバコ、臨月なのに我慢できずに何口か飲んだビールなどを思い出してはくよくよ後悔したが、本当のところ、僕の頭がどうしてこうなったのかははっきりしている。ただ運が悪かったのだ。人が思うより、世の中には運というやつが引き起こす残酷な仕業《しわざ》は多いものなのだ。

こうなってしまった以上、母さんはこんなことを期待したのかもしれない。感情がほかの人たちのように自然と湧き起こらない代わりに、映画の主人公みたいにコンピュータ並みの記憶力があるとか、美的感覚が抜群に優《すぐ》れていて、信じられないほど素晴らしい天才的な絵を描くとかいうようなこと。もしそうだったら、テレビのバラエティ番組に出ることもできただろうし、適当にペンキをまき散らした絵も数千万ウォンで売れたかもしれない。でも僕に天才的な能力はなかった。

そういうわけで、ミッキーマウスの女の子の事件が起きたあと、母さんは僕に本格的な〝教育〟を始めた。僕が感情を感じられないということは、ただ不幸でかわいそうという以上に、多くの危険をはらんでいたからだ。

それに僕には、一つの現象には現象そのものとは別に何か意味があるということがよくわからなかった。例えば、誰かが怖い顔で説教をしてもほとんど無駄だった。大きな声を出す、叫ぶ、眉《まゆ》をつり上げる……そういうことには特定の感情とか意図が込められているということを理解するのが難しかった。僕は、世の中をただ見えたままにしか受け取れなかった。

母さんは何枚もの色紙《いろがみ》に一つずつ短い文章を書いて、壁に大きく広げて貼った白い紙に、それを一つひとつ貼り付けていった。壁を飾ったのは、こんなフレーズだった。

車が向かってくる → できるだけ離れる、近づいたら逃げる
人が近づく → ぶつからないように片側に寄る
相手が笑う → 自分も微笑む

その一番下には、

＊注意：表情については、どんなときも、とにかく相手と同じ表情をすると考えよう

と書かれていたが、小学校に入学したばかりの僕が理解するには、少々長い文章だった。

白い紙に貼り出される事例は、次から次へと増えていった。同じ歳の子たちが九九を覚えている間に、僕は王朝の年表を暗記するようにそれらを覚えて、正しい組み合わせのペアを完成させていった。母さんは、僕がきちんと覚えたかどうかを定期的にテストした。普通の人なら難なく身につける〝本能的な〟行動基準を、僕はそうやって一つひとつ暗記した。ばあちゃんは、詰め込み教育に果たして意味があるのかね、と舌打ちしながら、紙に貼る矢印を切り取った。矢印がばあちゃんの担当だったのだ。

8

何年か経ち、僕の頭は大きくなったが、頭の中のアーモンドの大きさだけはまったく変わらなかった。人との関係が複雑になり、母さんが教えてくれた公式だけでは対処するのが難しい変数が増えるにつれて、僕はさらに要注意人物になっていった。学年が変わっても、初日から変な子だと目をつけられたり、体育館の裏に呼び出されてみんなの前で見せ物になったりした。誰かがわざと変な質問をする。僕は嘘をつけずに、思ったままを答える。みんながどうしてそんなに腹を抱えて笑うのかわからない。こうして、自分ではそんなつもりはなかったけれど、僕は毎日のように母さんの心にナイフを突き刺していた。

しかし、母さんは諦《あきら》めなかった。

「目立たないことよ。それだけでも意味があるわ」

その言葉は具体的には、ばれないようにしろという意味だった。人とは違うということを。それがばれるというのは目立つということで、目立ったとたんに標的になる。単純に、車が向かってきたら逃げろというレベルの指針では不十分だった。自分を隠すには、高度な演技が必要となる時期が来たのだ。母さんはそれでも少しもめげず、想像力を発揮して劇作家レベルの会話内容を追加していった。もはや、相手の言葉に込められた〝真の意味〟だけではなく、僕の言葉に込められるべき〝望ましい意図〟までも一緒に覚えなければならなかった。

例えば、友だちが新しい学用品やおもちゃを見せて説明するとき、その子たちが本当にしているのは説明ではなく〝自慢〟なんだと言った。

母さんによると、そんなときの模範解答は、

「いいなあ」

で、それが意味する感情は〝羨ましさ〟だった。

誰かが僕に、素敵だとか上手《うま》いとかいうような肯定的な言葉をかけてくれた場合は(もちろん、その「肯定的」にあたるものが何なのかも、それとは別に覚えなければならなかったが)、

「ありがとう」

あるいは、

「そんなことないよ」

が正しい答えだった。

母さんは、「ありがとう」は常識レベルの答えで、「そんなことないよ」は若干《じゃっかん》の余裕を見せた、もっといい子に見える返事だと言った。もちろん僕は、いつでも一番簡単な答えを選んだ。

9

母さんは僕のために、インターネットで喜、怒、哀、楽、愛、悪《お》、欲という漢字を探して、それをA4用紙いっぱいに一文字ずつ印刷した(母さんは自他ともに認める悪筆だっ

た)。チッ、チッ。それを見たばあちゃんが舌打ちをした。ばあちゃんは、何事にも真心がこもっていなきゃだめ、と母さんをとがめた。そして漢字をまったく知らなかったのに、印刷した文字をそっくりそのまま真似《まね》て、絵を描くように七つの文字を大きく手書きした。母さんは、ばあちゃんからその文字を受け取ると、家訓のように、あるいはお守りの札のように、家の中のあちこちに貼った。

靴を履くときには、靴箱の上から「喜」が僕に微笑みかけ、冷蔵庫の扉を開けるたびに「愛」が目に飛び込んできた。眠るときには、枕元で「楽」が僕を見守っていた。貼った場所に特に意味はなかったが、母さんの迷信に従って、好ましくないもの、つまり「怒(怒り)」、「哀(悲しみ)」、「悪(憎しみ)」の三文字はみんなバスルーム(シャワー室を兼ねたトイレ)の中に貼ってあった。時間が経つと、バスルームの湿気で紙はしわくちゃになり、文字はかすんでしまう。ばあちゃんは、その文字を何度も書いては貼り直した。おかげで、最終的にばあちゃんは、その漢字を覚えてしまっただけでなく、洒落《しゃれ》た字体で書けるまでになった。

母さんは、「喜怒哀楽愛悪欲ゲーム」まで作った。母さんが状況を示して、僕が感情を当てるのだ。誰かから美味《おい》しい食べ物をもらったとき感じる感情は？　正解は喜びと感謝。誰かに痛い目に遭《あ》わされたときに感じるのは？　正解は怒り。こんな感じだった。

いつだったか、僕が、誰かからまずい食べ物をもらったときは何を感じるのか聞いたことがある。予想外の質問だったのか、母さんは答えを出すのに少し時間がかかった。しばらく悩んだ末に母さんは、基本的には、食べ物がまずいと怒りを感じるわね、と言った（僕は母さんが、料理の味がひどい、と食堂の悪口を言うのを何度か聞いたことがある）。でも人によっては、まずい食べ物でも喜んだり感謝したりすることもあるわ、と言った（確かに、母さんが料理の悪口を言うたびに、ばあちゃんはただ感謝して食べなさいと小言を言っていた）。

月日が経って、僕が三年生になる頃には、母さんが僕の質問にすぐに答えられなかったり、しどろもどろになることが多くなった。そんなとき、母さんはもうそれ以上の質問をはねつけるように、とにかく「喜怒哀楽愛悪欲」の基本概念をしっかり暗記することだ、と言った。

「複雑なものまではわからなくても、基本はしっかり覚えておきなさい。そうするだけでも、ちょっと愛想がないと言われることはあっても、正常の範囲に入るわ」

本当のところ、僕にはどうでもいいことだった。僕が単語の意味の微妙な違いを感知できないのと同じように、人から正常に見えるか見えないかなどということは、僕自身に何か影響を及ぼすようなことではなかった。

10

母さんの粘り強い努力と、日課として毎日繰り返された訓練のおかげで、僕は少しずつ、学校で特に問題なく過ごす方法を身につけていった。小学校の高学年になると、適当にみんなの集団の中に溶け込んでいることもできるようになったので、目立つなという母さんの望みは叶《かな》ったわけだ。大抵の場合は、ただ黙っているだけで十分だった。怒るべきときに黙っていると冷静だと言われ、笑うべきときに黙っていると落ち着きがあると言われ、泣くべきときに黙っていると我慢強いと言われる。沈黙はやはり金だった。その代わり、「ありがとう」と「ごめんなさい」は、口癖のように言い続けなければならない。この二つは、多くの困難な状況を乗り越えさせてくれる魔法の言葉だった。ここまでは簡単だった。何かが欲しいと相手が僕に千ウォンを出したら、品物に応じて、おつりを二百ウォンとか三百ウォン返せばよいのと同じだった。

難しいのは、僕の方から先に千ウォンを出すことだった。誰かに、相手の持っている何かが欲しいとか、自分もやってみたいとか、相手の何かをいいねと言うこと。つまり、誰かに対して自分から働きかけること。それが難しいのは、余計なエネルギーが必要だからだ。自分からお金を出そうにも、僕にはそもそも買いたいものもないし、いくら払えばいいのかも見当がつかない。静かな水面に無理矢理波を立てようとするのに似て、手に余った。

例えば、全然食べたくもないチョコパイを見て、「僕も食べたいなあ」と言うこと。そしてニコッと笑って、「僕も一つもらえる？」と言うこと。誰かが僕をバシッと叩いて通り過ぎたり、約束を破ったりしたとき、「どうしてそんなことするの？」と問いただすこと。そして両手をぐっと握りしめて涙を流すこと。

そういうことが、僕には一番難しかった。できればそんなことはしないでいたかったけれど、母さんは、湖みたいにおとなしすぎても変な子だと烙印《らくいん》を押されるかもしれない、と言った。だから、そういうこともたまにはしなければならないのだと。

「人間は教育の産物なの。あんたならできるわ」

母さんは、すべては僕のためだ、つまりそれは「愛」なんだと言った。でも僕に言わせれば、それは母さんの気休めのための悪あがきでしかなかった。母さんの言う通りなら、愛というのは、ただ涙でいっぱいの目で僕を見つめながら、こんなときはこうしろ、あんなときはああしろといちいち小言を並べ立てることに過ぎなかった。そんなものが愛なら、愛なんて与えも、もらいもしない方が良いのではないか。もちろん、その言葉は口には出さなかった。母さんが教えてくれた行動基準の中の「正直に言いすぎると相手を傷つける」という徳目を、さんざん叩き込まれたおかげだ。

11

ばあちゃんもよく言っていたけれど、僕は母さんよりもばあちゃんとの方が〝波長〟が合った。実際、母さんとばあちゃんは、二人ともすもも味のキャンディが好きだというほかには、見た目から好み、性格まで、似ているところがほとんどなかった。

ばあちゃんの話では、母さんが小さい頃初めてよその店からくすねてきたのが、すもも味のキャンディだったそうだ。〝初めて〟という言葉を聞きつけた母さんが、それが最初で最後だと大声で言い返すと、ばあちゃんはニコッと笑ってこう言うだけだった。

「針泥棒が牛泥棒にならなくて、ホント良かったよ」

二人がすもも味のキャンディが好きな理由は、ちょっと変わっていた。その飴《あめ》は「甘い味と血の味を同時に味わわせてくれる」というのだ。ほのかに輝く白地に赤い線がすっと入った、すもも味のキャンディ。それを口の中で転がすのが、二人が大事にしている楽しみの一つだった。その赤い線は、そこだけが早く溶けて、舐《な》めているとそのへこみの角でよく舌を切った。

「でもホント不思議なんだけど、ちょっとしょっぱい血の味が、甘い味と混ざり合うのがたまんないんだよね」

母さんがオラメディ（口内炎や舌炎《ぜつえん》に塗る薬）を探している間、ばあちゃんは飴の袋を胸に抱いて、嬉《うれ》しそうに笑ってそう言っていた。ばあちゃんの話は、何度聞いてもなぜか飽きなかった。

ばあちゃんは、僕の人生に突然登場する。生活に疲れ切った母さんが、ついにどうしようもなくなってばあちゃんにSOSを出すまで、二人は七年近くまったく連絡を取らずに暮らしていた。親子の情さえも断ち切らせたのは、突然登場した一人の男、つまり僕の父さんだった。

まだ母さんがお腹の中にいたときにじいちゃんをがんで亡くしたばあちゃんは、自分の娘が父なし子と馬鹿にされないよう、何もかも犠牲にしてひたすら我が子のために生きてきた。幸い娘は、特に何かに秀《ひい》でているわけではなかったけれど、けっこう勉強ができて、ソウルにある女子大に進学した。そうやって苦労して育てた娘が、女子大の前に屋台を出してアクセサリーを売っている得体の知れない男——ばあちゃんは父さんのことをこう呼んだ——に目がくらんだのだった。男は、屋台に並んでいた中の一つに違いない安物の指輪を、大事な娘の指にはめて、永遠の愛を誓った。ばあちゃんが、私の目の黒いうちは認めないと言っても、母さんは、愛は誰かが認めたり認めなかったりする決裁書類なんかじゃないと突っぱね、結局、ばあちゃんの平手打ちが飛んだ。

母さんは、そんなに反対するなら妊娠しちゃうわよと逆にばあちゃんを脅迫した。ちょうどひと月後、その脅迫は現実となった。ばあちゃんは、子どもを産むのなら二度と私の前に現れるなと最後通告をつきつけ、母さんは本当に家を出て行った。ばあちゃんと母さんの親子の縁はそこでいったん途切れた。

僕は父さんに会ったことがない。写真で何回か見たことがあるだけだ。僕がまだ母さんのお腹の中にいたとき、酔っ払い運転のオートバイが父さんの屋台に突っ込んだ。父さんはその場で息絶えた。色とりどりの安物のアクセサリーだけを残して。そして母さんは、ますますばあちゃんに連絡することができなくなった。愛を求めて家を出たのに、不幸を背負って戻りたくはなかった。そして七年が過ぎた。耐えに耐えて、もう耐えられなくなるまで。母さん一人では僕の面倒を見きれないということに気付くまで。

12

ばあちゃんと僕が初めて会ったのは、マクドナルドだった。母さんはその日、いつもはめったに食べさせてくれないバーガーセットを珍しく二つ注文した。でも自分の分には手も付けずに、視線を出入り口に向けて、誰かが入ってくるたびに目を大きくしたり小さくしたり、背筋を伸ばしたり丸めたりを繰り返した。あとで母さんに聞くと、それは不安な気持ちとほっとした気持ちが入り混じったときの反応だと言った。

待ちくたびれた母さんがついに帰ろうと腰を上げたその瞬間、出入り口がひゅんと開き、風がふうっと入ってきた。顔を上げると、肩幅の広いがっしりとした女の人が立っていた。白髪交《しらが》じりの頭に深くかぶった紫色の帽子には、羽根飾りがついていた。童話の挿し絵で見たロビン・フッドみたいな姿だった。その人こそ、母さんの母さんだった。

ばあちゃんは、すごく大きかった。大きいという以外に、ばあちゃんを言い表す適当な言葉を思いつかない。しいてたとえるなら、ばあちゃんは永遠に枯れることのない大きなカシワの木みたいだった。体も声も、そのうえ影まで、でかでかとしていた。特に手は、屈強な男の手のように分厚かった。ばあちゃんは僕の向かいに座ると腕組みをして、口を真一文字にぎゅっと結んで黙っていた。母さんが目を伏せて小声でぶつぶつと何か言おうとすると、ばあちゃんが低くて太い声で命令した。

「とりあえず食べな」

母さんは仕方なく、すっかり冷めてしまったバーガーをもごもごと口の中につめ込み始めた。フライドポテトの最後の一本がなくなったあとも、母娘《おやこ》の間に会話はなかった。僕は、指先に唾をつけて、こげ茶色のプラスチックのトレーに散らばったフライドポテトのかすを一つずつ拾って食べながら、次の展開を待った。固く腕組みをしたばあちゃんの前で、母さんは唇を噛んだまま自分の足元を見つめるばかりだった。もうトレーの上に何もなくなったとき、やっと母さんが、両手で僕の両肩をつかんで、蚊の鳴くような声で言った。

「うちの子です」

ばあちゃんは、大きく息を吸い込んで、体を後ろにのけぞらせると、うーん、と唸《うな》った。あとでばあちゃんに聞いたら、その「うーん」は、「なんとか暮らしてたようだな、この腐れ女《あま》」という意味だったそうだ。ばあちゃんは、店中にわんわん響く大声で叫んだ。

「いい気味だよ」

周りの人たちがこちらをじろじろ見ている。母さんが泣き出した。母さんは、かすかに開いた唇の間から、この何年かの間に自分の人生に吹き荒れた波風について話し続けた。僕には、最初から最後まで、すすり泣く声とときどき交じる洟《はな》をかむ音しか聞こえなかったけれど、幸いばあちゃんは母さんの話がすべてわかったようだった。かんぬきをかけたようにがっしり組んでいた腕は、いつの間にかほどかれて膝の上に置かれ、店に入ってきたときの怒ったような表情もすっかり消え失《う》せていた。僕についての説明を聞いているときには、ばあちゃんの表情は母さんと似ているようにさえ見えた。母さんの話が終わってもしばらく沈黙したままだったばあちゃんが、突然表情を変えた。

「おまえの母さんの話が本当なら、おまえは怪物だよ」

母さんが口をぽかんと開けてばあちゃんを見つめた。ばあちゃんは、僕の目の前に顔を近づけて笑っていた。口角が思い切り上がり、目尻が下にだらっと垂れ下がって、口と目がくっつきそうな笑顔だった。

「世界で一番かわいい怪物。それがおまえだな！」

そして僕の頭を痛いほどなでまわした。そのときから、僕たち三人の生活が始まった。

13

ばあちゃんと一緒に住むようになって、母さんが選んだ新しい仕事は古本屋だった。もちろん、ばあちゃんの援助があったからだ。しかし、母さんの言葉を借りれば、〝根に持つ〟性分《しょうぶん》のばあちゃんは、暇《ひま》さえあれば愚痴《ぐち》をこぼしていた。

「たった一人のわが子に勉強してほしくて、ずっと餅を売ってきたんだ。それなのに、本で勉強するんじゃなくて、ただ本を売るだけなのかい。この腐れ女《あま》が」

「腐れ女」という言葉は、文字通りに解釈するとかなりひどい表現だけれど、ばあちゃんは、明けても暮れても母さんに向かってこの言葉を浴びせかけた。

「母さん、娘に対して腐れ女って何よ、腐れ女って」

「何か間違ったこと言ったかね。人間なんて、どうせ死ねば腐っちまうんだ。悪口じゃなくて、本当のことを言ったんだよ」

何はともあれ、ばあちゃんと和解したことで、それまで引っ越しを繰り返していた僕たちは、小さいながら店を持って、一つ所に落ち着いて生活するようになった。少なくとも、ばあちゃんは母さんに、どうしてもっと金になる仕事をしないのかと責め立てることはなかった。ばあちゃんには活字への憧《あこが》れがあった。だから、貧しい中でも幼い母さんにたくさん本を買ってやり、母さんに〝本を読む、学のある女性〟になってほしいと願っていたのだ。実際、ばあちゃんは母さんに作家になってほしかったそうだ。さらに言えば、一生結婚せず、孤高に、かっこよく年老いていく〝女流作家〟になってくれるのを夢見ていたらしい。実はそれは、過ぎ去った年月をもう一度やり直せるものなら、ばあちゃん自身が送りたい人生だった。母さんに〝ジウン〟[6]という名前を付けたのも、そんな思いからだった。

「ジウン、ジウンと呼ぶたびに、素敵な文章を書くようになるだろうと思ってたのに。賢くなるように本をたくさん読ませたんだけどね。本から学んだのは、馬鹿な男とろくでもない恋に落ちることだけだったなんて、まったく……」

ばあちゃんがいつも口にする愚痴の一つだった。

インターネットで中古品販売が盛《さか》んに行われるようになって、古本屋が儲《もう》かる商売だと考える人はいなくなった。それでも母さんは、あくまで古本屋にこだわった。古本屋は、母さんが下した最も非現実的な決断だった。本に携わる仕事をすることは、母さんの長い間の夢だった。ばあちゃんが望んでいたように、母さんも作家になりたいと思っていた時期があったから。でも過去の人生の傷痕《きずあと》を文章に書くなんて私にはとてもできない、と母さんは言った。自分の人生を切り売りするような、そんなことをする自信はない。それは作家の才能がないということだと。代わりに母さんは、他人が書いた本を売りたいと思った。どうせ売るなら、手に取ったときからもう時間の匂いが染み込んでいる本。どこからか次々に送られてくる新刊本ではなく、母さんが一つひとつ選べるものがいい。それが古本だった。

店を構えた場所は、水踰洞《スユドン》の住宅街の路地だった。いまでも昔風に水踰里《スユリ》と呼ぶ人が多い町。果たしてこんな所まで誰が古本を買いに来るのかと思ったけれど、母さんは自信満々だった。母さんは、古本を見る目があって、マニアが好みそうな本を安値で仕入れてきた。家は店の裏にあった。部屋が二つに居間、シャワーとトイレだけのバスルーム。それでも僕たち三人が暮らすには十分だった。寝ていてもお客さんに呼ばれれば出て行くことができるし、休みたくなったら、ドアに鍵をかけるだけでよかった。きらきら光るガラス窓に「古本」という文字が貼られ、「ジウン書房」という看板も掲げられた。店を開く前の晩、母さんはパンパンと手をはたいてニコッと微笑んだ。

「もう引っ越しはしないわ。ずっとここが、我が家よ」

その言葉は、現実になった。ばあちゃんは、こんなこともあるんだねえと口癖のようにつぶやいていたけれど、とにかく、三人が食べていけるくらいには本が売れた。

14

僕にとってもそこは居心地の良い場所だった。ほかの人だったら、「好きだった」とか「気に入った」と言うのかもしれないけれど、僕が使える表現としては、「居心地が良い」と言うのが最大限だ。古本の匂いが、まるで慣れ親しんだものみたいな顔をして僕のところへやってきたからだ。初めて嗅《か》いだのに、ずっと前から知っていたみたいに。暇さえあれば本を開いて匂いを嗅いでいる僕に、かび臭い古本の臭いなんか嗅いでどうするんだとばあちゃんは文句を言った。

本は、僕が行くことのできない場所に一瞬のうちに僕を連れて行ってくれた。会うことのできない人の告白を聞かせてくれ、見ることのできない人の人生を見せてくれた。僕が感じられない感情、経験できない事件が、本の中にはぎっしりと詰まっていた。それは、テレビや映画とはまるで違っていた。

映画やドラマ、あるいはマンガの世界は、具体的すぎて、もうそれ以上僕が口をはさむ余地がない。映像の中の物語は、ただ撮られている通りに、描かれている通りにだけ存在している。例えば、「六角形の家。茶色いクッションが置いてある。そこに、黄色い髪の女性が足を組んで座っている」というのが本の文章だとすると、映画や絵では、文章に書かれたことだけでなく、女性の肌、表情、爪の長さまで全部決められている。その世界に、僕が変化させられるものは何もないのだ。

本は違う。本は空間だらけだ。文字と文字の間も空いているし、行と行の間にも隙間がある。僕はその中に入っていって、座ったり、歩いたり、自分の思ったことを書くこともできる。意味がわからなくても関係ない。どのページでも、開けばとりあえず本を読む目的の半分は達成している。

私はあなたを愛している。

それが罪になるか、毒になるか、あるいは蜜《みつ》になるか永遠にわからないとしても、私はこの航海をやめることはないだろう。

意味は僕の心にはまったく響かないけれど、それはどうでもいい。目で文字を追うだけで十分だ。本の香りを感じながら、ひと文字ひと文字、形と画を目でゆっくりたどっていく。それは僕にとっては、アーモンドを嚙むのと同じくらい神聖なことだった。目で十分に文字を味わったと思ったら、今度は声に出して読んでみる。わたしは、あなたを、あいしている。それがつみに、なるか、どくに、なるか、あるい、はみつに、なるか、えいえんにわか、らない、として、もわたし、は、このこう、かいを、やめ、ることはな、いだろう。

文字を嚙みしめるように味わって、声に出す。何回も何回も、覚えてしまうまで、ずっと。同じ言葉を何度も繰り返し言っていると、いつしか言葉の意味がぼやけてくる。そしてある瞬間、文字は文字を超え、単語は単語を超える。何の意味もない、宇宙人の言葉のように聞こえる。そうなってくると、ずっと遠くにあって僕には感じ取るのが難しい、愛とか永遠とかいうものが、逆に近づいてくるようにも感じられた。僕はこの面白い遊びを、母さんに教えてあげた。すると母さんはこう言った。

「どんなことも、何度も繰り返してると意味がなくなるものよ。初めのうちはだんだん意味がはっきりしてくるように思えるけれど、しばらく経つとそれが変わっていったり色褪せたりしてくるの。そして最後には、意味が消えてしまうのよ。真っ白に」

愛。愛。愛。愛。あい。あ・い。あ——い——。あい。あいあ。いあ。いあ。

永遠。永遠。えいえん。えい・えん。え——い。え——ん。

さあ、もう意味が消えてなくなった。最初から白紙だった、僕の頭の中みたいに。

15

季節は、楽譜のリピート記号の中を動くように、冬まで行くとまた春に戻るのを繰り返した。母さんとばあちゃんは、何やかやと角《つの》を突き合わせ、そしてしょっちゅうカラカラと笑っていた。でも、夕方が近づくと決まって口数が減った。傾く太陽が空を赤く染めると、ばあちゃんは焼酎《しょうちゅう》をあおって、カーッ！と喉《のど》を鳴らし、隣で母さんも腹の底から絞り出すように、いいねっ！と合いの手を入れた。カーッ！　いいねっ！　母さんは、それは幸せという意味だと言った。

母さんはモテた。ばあちゃんと一緒に暮らすようになってからも、何度か恋愛をした。ばあちゃんは、性格もきついのに母さんに男たちが寄ってくるのは、若い頃の自分に似ているからだと言った。そのたびに母さんは口を尖らせたけれど、最後にはいつも「まあ、母さんは綺麗《きれい》だったからね」と確かめようのないことを言って、意地の張り合いは引き分けになった。母さんの彼氏についてあまり知りたいと思ったことはない。母さんの恋愛のパターンはいつも同じだった。先にアプローチしてくるのは常に男の方だったけれど、終わりを迎えるときにしがみつくのはいつも母さんだった。ばあちゃんは、男たちはただ単純に恋愛だけを求めるけれど、母さんが求めているのは僕の父さんになってくれる男だからだと言った。

母さんは、ほっそりした体つきをしていた。丸くて黒い目にいつも栗色《くりいろ》のアイラインを引いていたので、ただでさえ大きな目がなおさら大きく見えた。腰まで伸ばした真っ黒なストレートヘア、唇にはいつも赤く口紅が塗られ、吸血鬼《ヴァンパイア》を思い起こさせた。昔の写真と比べてみても、子どもの頃から四十近い歳になるまで、写真の中の母さんは少しも変わらなかった。服装も髪形も、顔も何もかも、ほとんど同じだった。ずっとそのまま、歳をとらずに背だけが伸びたみたいだった。僕は、「腐れ女《あま》」というばあちゃんの口癖が嫌いな母さんのために、「腐らない女性」というあだ名をつけてあげた。でも母さんは口を尖らせて、それも気に入らないと言った。

歳をとらないのは、ばあちゃんも同じだった。グレーの髪は黒くもならなければ白くもならず、大きな体格やどんぶりで飲み干す酒の量は、何年経っても衰える気配を見せなかった。

毎年冬至の日になると、僕たちは屋上に上ってカメラをレンガで固定して家族写真を撮った。歳をとらないヴァンパイアの母さんと巨人のばあちゃんの間に立っている少年の僕だけが、ずっと変わらない二人の間で一人すくすくと大きくなっていった。

あの年。あのことがあった年。あの冬。初雪の降る少し前、僕は母さんの顔に見慣れないものを見つけた。初めは短い髪の毛が顔にくっついたのだと思った。それを取ろうと手を伸ばした。ところがそれは短い髪の毛ではなく、しわだった。いつできたのかもわからないけれど、かなり深く、そして長く刻まれていた。初めて母さんが歳をとるということを知った。

「母さんもしわがあるんだね」

僕の言葉に母さんはにっこり笑い、するとしわが長くなった。僕は、だんだん歳をとっていく母さんを想像しようとしたけれど、うまく思い浮かべることができなかった。どうにも信じられないことだった。

「母さんも、これからは歳をとっていくだけってことよ」

そう言う母さんの顔からは、なぜか笑みが消えていた。母さんは無表情で遠くを見つめ、そしてぎゅっと目を閉じた。何を考えていたのだろうか。歳をとって白髪頭のおばあさんになった姿を想像したのだろうか。でも母さんの言ったことは間違っていた。運命は、母さんにそんな機会を与えなかった。

16

皿洗いをしたり、床の拭き掃除をするとき、ばあちゃんはよく、メロディとも言えないような節まわしに歌詞を乗せて口ずさんでいた。

夏はトウモロコシ、冬はクリイモ。

おいしいよ、甘いよ、さあさあ食べましょう。

それは、ばあちゃんが若い頃に地下鉄の高速ターミナル駅で売っていた物だった。駅の出入り口にしゃがみ込んで、行き交う通行人を相手に売っていた物。

若いばあちゃんの唯一の贅沢《ぜいたく》は、仕事が終わったあと、眺めて回るだけだったけれど、駅から続く長い長いバスターミナルの中をぶらつくことだった。なかでもばあちゃんが心を奪われたのは、釈迦《しゃか》誕生日（陰暦四月八日）とクリスマスの風景だった。春の終わりから初夏になると、ターミナルの周りに提灯《ちょうちん》が並び、冬になると、ターミナルの中はゴージャスなクリスマスの飾りでいっぱいになった。自分の仕事場だったけれど、そんな風景はばあちゃんにとって憧れの世界だった。雑な作りの提灯や偽物の木のクリスマスツリーでも、それが本当に欲しかったのだ。ばあちゃんがトウモロコシや焼き芋を売って貯めたお金で屋台を手に入れて、トッポッキ屋を始めた時、まず最初にしたのは、綺麗な提灯とミニクリスマスツリーを買うことだった。季節は関係なかった。ばあちゃんのトッポッキ屋には、一年中提灯とクリスマスの飾りが仲良く並んでいた。

ばあちゃんがトッポッキ屋をやめて母さんが古本屋を始めてからも、どんなことがあっても釈迦誕生日とクリスマスだけはきちんとやらなければならないというのが、ばあちゃんの鉄則の一つだった。

「キリストさんや仏さんが本当に聖人なのは間違いないよ。重ならないようにちゃんと季節を選んで生まれてきたんだから。でもどっちかを選べって言われたら、そりゃあ、何といってもクリスマスイブだよ」

ばあちゃんが僕の頭をなでて言った。

クリスマスイブは、僕の誕生日だった。十二月二十四日はいつも、誕生日を祝って美味しいものを食べに行った。その年のクリスマスイブも、僕たち三人は出かける支度をした。とても寒くてじめじめした日だった。空は曇っていて、湿気を含んだ寒気が皮膚の下にまで入り込んでくるようだった。僕はコートの襟《えり》を立てながら、僕の誕生日のためにわざわざ出かける必要はないのにと思った。本当に、出かけない方がよかった。

17

街はすごい人出で、ごった返していた。いつものクリスマスイブと違っていたのは、バスに乗ったとたんに雪が降り始めたことだった。道はどこまで行っても混んでいて、車内で流れているラジオのニュースは十年ぶりのホワイトクリスマスになるだろう、クリスマスの明日まで大雪が続くだろうと繰り返していた。僕の記憶でも、誕生日に雪が降ったのは、その時が初めてだった。

舞い散る雪は、短い間に恐ろしいほど積もっていき、街を飲み込んでしまいそうな勢いだった。灰色だった街の風景が雪に覆われて少し明るくなった。そのせいか、大渋滞でバスはほとんど立ち往生《おうじょう》だったのに、文句を言う乗客は一人もいなかった。みんな夢中になって窓の外を眺めたり、スマートフォンで写真を撮りまくったりしていた。

「冷麺食べよう」

ばあちゃんが突然言い出した。

「あと、アツアツの肉餃子《ギョーザ》も」

母さんがごくりと喉を鳴らした。

「スープたっぷりでお願いします」

僕がそう付け加えると、母娘は顔を見合わせてアハハと笑った。少し前に僕が、どうし

て冬にはあんまり冷麺を食べないの、と聞いたのを思い出したようだった。ひょっとする

と、母さんとばあちゃんは、僕がそう尋ねたのは冷麺が「食べたいから」だと思ったのか

もしれない。

うとうとしては目を覚ますのを繰り返して、ようやくバスを降りた僕たちは、清渓川《チョンゲチョン》

に沿ってどこまでも歩いた。もう辺り一面真っ白な世界になっていた。顔を上げると、白

い雪がものすごい速さで落ちてきた。母さんは声を張り上げて、幼い子どものように空に

向かって舌を出して雪を口に入れた。ばあちゃんが以前行ったことがあるという路地の奥

の古い伝統冷麺屋は、もうなくなっていた。ズボンの裾《すそ》を濡《ぬ》らした水がだんだん上まで滲《し》

みてきて、ふくらはぎが冷たくなってきた頃、僕たちは母さんがスマートフォンで何とか

探し出した冷麺屋に入った。立ち並んだコーヒー専門店の間にある、フランチャイズの冷麺屋だった。

平壌式《ピョンヤン》と大きく貼り出していただけあって、麺は歯が触れるだけで簡単に切れたけれど、それだけのことだった。スープは肉の脂《あぶら》の嫌な臭いがしたし、餃子は焦《こ》げ臭くて、冷麺は気の抜けたサイダーの味がした。初めて冷麺を食べた人でもわかるくらいに、精魂込めて作っていない、手抜きの味だった。それでも、ばあちゃんと母さんはきれいに平らげた。時には、味よりも雰囲気が食欲をそそることもあるみたいだ。その日はもちろん、雪のおかげだ。ばあちゃんと母さんの顔には、終始笑みが浮かんでいた。僕は大きな氷の塊を口の中に入れて転がした。

「誕生日おめでとう」

ばあちゃんが言った。

「生まれてくれてありがとう」

母さんが僕の手をさすりながら付け加えた。誕生日おめでとう。生まれてくれてありがとう。ちょっとありきたりな表現だと思った。でも、そんな言葉を言わなければならない日もあるのだ。

次の行き先を決めずに、僕たちは席を立った。ばあちゃんと母さんが会計をしている間、僕はカウンターの前に置かれたかごにすもも味のキャンディを見つけた。正確に言うと、かごの中には、誰かが取り出した後のすもも味のキャンディの包装袋だけがぽつんと一つ置かれていた。僕がそれをいじくっていると、店の人がにっこり笑って、飴を持ってきてあげるからちょっと待っててね、と言った。

ばあちゃんと母さんは先に外に出ていた。まだ雪はしんしんと降り続いていて、母さんは何がそんなに楽しいのか、ぴょんぴょん跳ねながら手を伸ばして、雪をつかもうと夢中になっていた。ばあちゃんは、そんな母さんを見て腹を抱えて笑い、窓の向こうから僕に向かって明るく笑いかけた。店員がやって来て、大きな飴の袋を開けた。個別包装されたキャンディが、小さなかごにあふれるほど、まるでプレゼントのようにいっぱいに盛られた。

「いいでしょ？　クリスマスイブなんだから」

僕は両手いっぱいに飴をつかみ取って、店員に言った。店員は、少したメらっていたがすぐに笑顔でうなずいた。

窓の外では、相変わらず母さんとばあちゃんが笑っていた。二人の前を、街を練り歩く聖歌隊の長い行列が通った。みんな赤いサンタの帽子をかぶって赤いマントを羽織《はお》り、クリスマス・キャロルを歌っていた。ノエル、ノエル、ノエル、ノエル。イスラエルの王がお生まれになった。僕は両手をポケットに突っ込んで、飴の袋の尖った感触を感じながらドアの方に向かった。

その瞬間、街を埋めた大勢の人から同時にどよめきが上がった。歌声が止まった。どよめきはさらに続き、そして悲鳴に変わっていった。聖歌隊の列は散り散りになった。みんな手で口を覆って、一斉《いっせい》に後ずさりし始めた。

ガラスのドアの向こうで、一人の男が空に向かってしきりに何かを突き上げていた。僕たちが店に入る前から辺りをうろついていたスーツ姿の男だった。身なりとは不釣り合いに、片手にはナイフが、もう片方の手にはハンマーが握られていた。男は、降る雪をすべて刺そうとでもするように、激しく両手を振り回していた。男が聖歌隊のいる方に向かって歩き出すと、反対側で何人かが急いでスマートフォンを取り出すのが見えた。

男が振り返った。その目が、母さんとばあちゃんのところで止まった。男は方向を変えた。ばあちゃんが母さんを引っぱった。次の瞬間、信じられない光景が繰り広げられた。男が、母さんの頭にハンマーを振り下ろしたのだ。一回、二回、三回、四回。

母さんは、大量の血を噴き出しながらその場にぶっ倒れた。僕は、外に出ようとドアを押した。でも、ばあちゃんがドアの前に立ちふさがって、声を張り上げた。男はハンマーを地面に落とすと、反対の手に握ったナイフで何度か空《くう》を切った。僕がガラスのドアをどんどん叩いても、ばあちゃんは首を横に振って、何としてもドアを開けさせなかった。ばあちゃんはほとんど泣きながら、何度も何度も僕に何かを怒鳴っていた。そうしているうちに、ばあちゃんの後ろに男が近づいた。後ろを振り向いて男を見たばあちゃんは、大きく喚《わめ》き声を上げた。ただ一度だけだった。ばあちゃんの大きな背中が、僕の目の前を覆った。血しぶきがあがり、ガラスのドアにあたって流れ落ちる。僕はただ、どんどん血で赤く染まっていくドアを眺めることしかできなかった。その間、男を制止しようとする人は誰もいなかった。遠くの方でみんな立ちすくんでいるのが見えた。まるで、男と母さんとばあちゃんが一つの劇でも演じているみたいに、誰一人動こうともせず、眺めているだけだった。全員が観客だった。僕も、その一人だった。

18

犠牲者は全員、男とは何の関わりもなかった。事件後明らかになったが、男はどこにでもいそうな、普通の人生を送っている〝小市民〟だった。四年制大学を卒業して、中小企業で十四年間営業の仕事をしていたが、不景気を理由に突然リストラされた。退職金で開いたチキン屋も、二年も経たずに廃業に追い込まれた。借金を抱え、家族は男のもとを去った。その後三年と半年の間、男は家の中に閉じこもって暮らした。半地下の部屋で寝起きして、近所のスーパーに買い物に行くか、たまに図書館に行く以外は、一切家の外に出なかった。

区立図書館の貸し出し記録には、武術や護身術、ナイフの使い方に関する本ばかりが並んでいたが、男の部屋から見つかったのは、ほこりをかぶった、成功の法則や肯定的な生き方を説《と》く何冊かの自己啓発書だった。殺風景な部屋の片隅にぽつんと置かれた机の上には、見てくれと言わんばかりに大きく乱雑な字で書かれた遺書が置いてあった。

今日、誰であろうと笑っている人は、僕と一緒にあの世に行きます。

男の日記帳は、彼が世の中を憎悪していたことを示す書き込みであふれていた。楽しいことなど一つもないこの世の中で、笑って歩いている連中を見ると殺意を感じる、という彼の心情も繰り返し綴《つづ》られていた。男の人生と日記帳の内容がテレビや週刊誌で報じられるようになると、人々の関心は、事件そのものよりも、彼がどうしてそんな選択をするしかなかったのかにスポットが当てられるようになった。男の人生に自分たちの境遇を重ね合わせた多くの中年男性は、自らが置かれた厳しい現実を嘆《なげ》き、ため息をついた。男への同情の世論が広がり始め、焦点は、こんな事件が起こってしまう現代の韓国社会の抱える問題へと移っていった。誰が死んだかなどということは、あまり重要ではなかった。

事件はしばらくニュースで取り上げられ、その記事には「誰がこの男を殺人者にしたのか」、「笑うと死ななければならない国、大韓民国」といった見出しが付いた。しかしほどなく、バブルがはじけるように、事件のことはもう人々の口に上らなくなった。そうなるまでにかかった時間は、わずか十日だった。

ただ一人生き残ったのは、母さんだった。でも脳が深い眠りに落ちていて、再び目覚める可能性は非常に低い、目覚めたとしても、僕の知っている母さんではないだろうとのことだった。誰かがお膳立《ぜんだ》てしてくれて、合同葬儀が行われた。僕を除いて、参列している人全員が泣いていた。むごたらしく死んでしまった人の前に立ったなら、誰でもするようなしぐさと表情で。

葬儀に来た一人の女性警官は、遺族たちにお辞儀をすると涙を流し始め、席に戻ってからもその涙を止めることができなくなってしまった。それから少しして、僕は彼女が廊下の隅で年配の男性警官に叱られているのを見た。こんなことはこれから数えきれないほど見るんだ。だから鈍感になることを覚えろ。その瞬間、彼と僕の目が合った。彼は話をやめた。僕は、何でもないというふうにぺこりと挨拶《あいさつ》をしてトイレに向かった。

三日間の葬儀の間、何の表情の変化もない僕について、ひそひそと話す声が聞こえてきた。みんないろんな推測をしているようだった。あまりにもショックであんなふうになってしまったんだよ、まだ子どもで何もわからないのよ、お母さんも亡くなったようなものだって言うし、孤児になったも同然なのに、まだ実感がわかないんだろ。

他人は、悲しみや心細さに打ちひしがれ、途方に暮れる僕を期待したのかもしれない。でも僕の中には、そんな感情の代わりに答えの出ない疑問がいくつも浮かんでいた。

母さんとばあちゃんは、何がおかしくてあんなにケラケラ笑っていたのだろう。

もしあの出来事がなかったら、僕たちは冷麺屋を出てどこに向かっていただろう。

あの男はどうしてあんなことをしたのだろう。

テレビを壊したり鏡を割ったりするのではなく、どうして人を殺したのだろう。

どうして手遅れになる前に、誰かが出てきて助けてくれなかったのだろう。

どうして。

一日中何千回も、疑問が次から次へと浮かんできては、結局、最初の疑問に戻り、また一から同じことを繰り返した。でも僕にわかる答えは一つもなかった。警察官や派遣されてきたカウンセラーなどいろんな人に、僕の心の中の疑問を正直にぶつけてみた。彼らが何でも話してみなさいと言ったからだ。でも、誰も答えられなかった。ほとんどの人は沈黙し、答えようと口を開いた何人かも、途中で口ごもって黙ってしまった。確かに、答えを知っている人がいないのだから、それも当然だった。ばあちゃんもその男も、みんな死んでしまった。母さんは、永遠に話すことができない状態になった。だから僕の疑問に対する答えは、永遠に消えてしまった。僕は疑問を口に出すのをやめることにした。

はっきりしているのは、母さんとばあちゃんがいなくなったということだった。ばあちゃんは魂も肉体もすべて、母さんは外側の殻だけ残して。もう僕以外に、二人の人生を記憶している人は誰もいないのだ。だから、僕は生き残らなければならなかった。

葬儀も終わり、ちょうど僕の誕生日の八日後、僕はまた一つ歳をとった。こうして僕は十七になった。今や完全に一人だった。残ったのは、母さんの古本屋に並んだ数えきれないほどの本だけだった。それ以外は、ほとんどのものが消えた。もう家の中に提灯とピカピカ光る電球をぶら下げる必要も、喜怒哀楽愛悪欲を暗記することも、僕の誕生日に食事をしに、人ごみをかき分けて街に出かける理由もなくなった。

第二部

19

毎日病院に行った。母さんはじっと横たわって息をしているだけだった。集中治療室にいた母さんは、しばらくして六人部屋に移された。僕はいつも母さんの横に座って、日向《ひなた》ぼっこをした。

医者は表情を変えずに、目を覚ます見込みはないと言った。延命措置以外にできることはもう何もないと。いつも決まった時間に看護師がやって来て、無表情で母さんの下《しも》の世話をしてくれた。ときどき僕も手伝って母さんの体を持ち上げ、床ずれができないように体の向きを変えた。まるで大きな荷物を動かしているみたいだった。医者は、どうするか決めたら教えてくれと言った。その言葉がどういう意味かわからず、聞き返した。このまずっとここで入院を続けるか、それとも少しは費用が安く済む郊外の療養型病院に移るかを聞いているのだった。

ばあちゃんの死亡保険金がいくらか下りたので、当面食べていくには問題がなかった。いつか僕が一人残されたときのために母さんがそんな準備をしていたことも、その時知った。

ばあちゃんの死亡届を出しに行った。区役所の職員たちは、僕が入ってきたのに気付くと視線をそらした。しばらくして区役所から派遣された社会福祉士が訪ねてきた。面倒を見てくれる人が誰もいないことを確認して、僕の歳ならまだ施設に入ることもできるけれど、どうしたいかと聞いてきた。児童養護施設や児童福祉センターみたいなところ。僕は考える時間が欲しいと答えた。考える時間が欲しいというのは、その間に本当に考えるということではない。ただ時間が欲しいという意味だ。

20

家は静まり返っていた。一日中僕の息をする音だけが聞こえていた。母さんとばあちゃんが書いてくれた壁の貼り紙の文字が残っていたけれど、教えてくれる人がいない今となっては、意味のない飾りに過ぎなかった。施設に入ったら僕の毎日の暮らしがどうなるか、だいたい想像はついた。僕はそれでも構わないけれど、母さんを一人にしていいのか、よくわからなかった。

母さんだったら僕にどんなアドバイスをするか想像してみた。でも想像の中の母さんは、答えてはくれない。僕は母さんがいつも言っていた言葉からヒントをもらおうと思った。一番よく言っていた言葉を思い出した。〝普通に〟生きること。

もう少し具体的なアドバイスがないかと思って、スマートフォンのアプリをあちこち探してみた。「スマホと対話する」というアプリが目に留まった。それを開けてみると、チャットウィンドウが表示され、小さなスタンプが現れた。

——**こんにちは。**

送信ボタンをタップしたとたん、

——**こんにちは。**

と返事が来た。

——**元気?**

と書いた。

——**うん。君は?**

——**僕も元気だよ。**

――よかった。

――普通って、どういうこと？

――ほかの人と似てること。

しばらく静寂《せいじゃく》。今度は、ちょっと長めに書いてみた。

――ほかの人と似てるって、どういうこと？　人はみんな違うのに、誰を基準にしてるの？　母さんだったら、何て言ったかな。

――ご飯できたよ、おいで。

送信ボタンに手が触れたかどうかのところで、僕の話を遮《さえぎ》るように瞬時に返信が来た。その後もずっと意味のない言葉ばかり出てきた。こいつからヒントをもらおうとしてもだめだ。最後の挨拶《あいさつ》もせずにアプリを閉じた。

学校が始まるまでにはまだちょっと時間があった。それまでに、一人の生活に慣れておく必要があった。

半月ぶりに店を開けた。書架の間を歩くとほこりが立った。店を開けていると、ときどきお客さんがやってきたし、インターネットのサイトからも本の注文が入ってきた。僕は、事件の前に母さんが最後に買おうとしていた中古の童話全集を安く仕入れて、一番よく見えるところに並べておいた。

一日中ほとんど言葉を発しなくて済むのが、僕には楽だった。考える必要も、その場に合った会話を絞り出すのに頭を使う必要もない。お客さんには、はい、いいえ、少々お待ちくださいくらいの言葉で十分だった。それ以外は、カードをカードリーダーに通したり、お釣りを数えて渡したり、機械のようにいらっしゃいませ、ありがとうございましたと言うだけでよかった。

ある日、近所で子ども読書教室を開いているおばさんがやってきた。ときどきばあちゃんと立ち話をしているのを見かけたことがあった。

「学校が休みだから、アルバイトしてるのね。おばあさんはどこかにお出かけなの？」

「死にました」

おばさんがぽかんと口を開けた。そして強く眉《まゆ》をひそめた。

「そんな冗談を言いたい年頃なのはわかるけど、いくら何でもそんなこと言うもんじゃないわよ。おばあさんが何て思われるか」

「本当です」

おばさんは腕組みをして、声を強めた。

「じゃあ言ってごらんなさい。いつどうやって亡くなったっていうの」

「ナイフで刺されました。クリスマスイブの日に」

「えっ……」

おばさんが両手で口を覆《おお》った。

「ニュースでやってたあの事件のことね。神様も何てひどいことをするのかしら……」

おばさんは胸の前で十字を切って、急いで店を出て行った。僕から何かが伝染する前に、一刻も早く逃げなければならないとでもいうように。僕はおばさんを呼び止めた。

「あのう、会計がまだです」

おばさんの顔が赤くなった。

おばさんが出て行ったあと、母さんだったらこんなとき僕がどう言うことを望んだか、ちょっと考えてみた。おばさんの反応を見ると、僕の応対がまずかったのは明らかだ。でもどこがまずかったのか、その失敗を失敗でなくするには、どの部分を直さなければならないのか、まったくわからなかった。海外旅行に行ったと言うべきだったのか。いや。もしそうしていたら、何にでも首を突っ込むのが大好きなおばさんはさらに質問を続けていただろう。それとも、本の代金をもらわない方が良かったか。それも常識的に考えておかしい。沈黙は金。このことわざを参考にすることにした。大概の質問には答えないこと。でも、その〝大概〟の基準も判断がつかない。

突然ある本のことを思い出した。文字と言えば、歩きながら見る看板の字がほとんどすべてだったばあちゃんが、たまたま読んで面白いと言っていた本。僕は、一九八六年に二千五百ウォンで売られていた手のひらサイズの文庫本を、書架からなんとか見つけ出した。『玄鎮健《ヒョンジンゴン》短編選』。その中の「B舎監とラブレター」。

B舎監は、夜中に学生たちのラブレターを盗み読みして、男女の声を交互に出して一人芝居を演じる。その場面をこっそり覗《のぞ》いていた三人の女子学生は、それぞれ違った反応を見せる。一人はB舎監はおかしいとせせら笑い、別の一人はB舎監は怖いと体を震わせ、三人目はB舎監はかわいそうだと涙を流す。

正解はいつも一つだった母さんの教えとはちょっと違っていたけれど、僕はそんな結末も悪くないと思った。まるで、この世の中に決まった答えはないと言ってくれているようだった。人の言葉や行動に対して、必ずしも決まった対応をする必要はないのではないか。みんな違うのだから、僕のように〝普通とは言えない反応〟も、誰かにとっては正解になるかもしれない。

こんなことを言うと、母さんは困っていた。しばらく悩みに悩んだ末に、母さんは何とか〝正解〟をひねり出した。

「話の最後に出てくるのが涙を流す女子学生なんだから、B舎監の行動に対する適切な反応は、三番目の〝泣く〟よ」

「でも、文章を書くとき、最初に結論を書くこともあるじゃない。だとすれば、最初の学生の反応が正しいかもしれないよ」

母さんが頭を掻《か》いた。僕はめげずに質問した。

「じゃあ母さんも、B舎監の一人芝居を見たとしたら、泣いたと思う?」

横からばあちゃんが口を挟んだ。

「おまえの母さんは、一度眠ったらどんなに揺すっても叩《たた》いても、夜中に目が覚めることなんてありえないよ。部屋で寝ている出番のない女子学生だっただろうさ」

ケラケラ笑うばあちゃんの声が、すぐ隣で聞こえるような気がした。

突然本の上を暗い影が覆った。中年の男性が目の前に立っている。次の瞬間、その姿は消えていた。カウンターの上に、彼が残していったメモが置かれていた。二階に上がってくるようにというメッセージだった。

21

古本屋は低い二階建ての建物の一階にあった。二階はパン屋だった。パン屋が二階にあるというのは、よくあることではない。しかも、粗末な看板には、店の名前もなく「パン」とだけ書いてあった。ばあちゃんも、最初に看板を見た時「まずそうだ」と言っていた。看板を見ただけでどうやって味がわかるのか、僕には不思議だったけれど。

ともあれ、そこで扱うパンは、そぼろパン、ミルク食パン、クリームパンがすべてで、しかもどういうわけか、午後四時にはぴたっと店を閉めた。それでも店はけっこう流行《はや》っていて、人が一階まで並んでいるのを何度も見かけた。おかげで、列の後ろのお客さんたちがうちの店にもちょっと立ち寄ってくれたりした。

母さんもときどきパンを買ってきた。パンの袋には、「シム・ジェヨン　ベーカリー」と書いてあった。シム・ジェヨンというのはパン屋の社長の名前で、母さんは彼をシム博士と呼んでいた。パンを食べてみたばあちゃんは、まずそうとはもう言わなかった。僕は、まああだと思った。ほかの食べ物がどれもそうであるように。とにかく、僕が店の中まで入るのは、これが初めてだった。

シム博士は僕にクリームパンを一つ勧めてくれた。ひと口食べてみると、ひよこ色のとろっとしたクリームがあふれ出る。シム博士は五十代前半だったけれど、頭が雪のように白くて、六十代のようにも見えた。

「どう、美味《おい》しい？」

「美味しい……んじゃないですか」

「よかった、まずくなくて」

シム博士が軽く笑った。

「ここで一人で仕事をされてるんですか？」

僕は周囲を見回しながら聞いた。ただの四角い部屋、それだけだった。ぽっかり空いた空間に、レジとパンを並べる台、それにテーブルが一つあるだけだ。真ん中に置かれた仕切りの向こうが、パン生地《きじ》を作って焼く所のようだ。

「そう。私が社長であり、ただ一人の従業員でもあるというわけだ。それが楽なんだよ。それで十分だからってこともあるけど」

必要以上に長い答えだった。

「それで、僕に会おうと思われた理由は何ですか？」

博士は僕に牛乳を注《つ》いでくれた。

「君に起こった出来事は、本当に気の毒なことだ。すごく悩んだんだが、少しでも君の助けになれたらと思って来てもらったんだ」

「どうやってですか?」

「そうだなあ。初対面で言いづらいかもしれないけれど、君の方で必要なものとか何かしてほしいことはない?」

さっきから、シム博士は指でテーブルをとんとんと叩いている。癖のようだけれど、ずっと聞いていると耳障《みみざわ》りだった。

「その音を出すのをやめてほしいです」

メガネの向こうから僕を見ていた博士が、たちまち笑顔になった。

「ディオゲネスっていう人の話を聞いたことある? その話を思い出すよ。日向ぼっこをしていると、アレクサンドロス大王がやって来て何でも望みを叶《かな》えてやると言うので、あなたの影が太陽を遮っているからどいてほしいと答えたという話だよ」

「僕は、おじさんを見てもアレクサンドロス大王は思い出しませんけど」

今度は高笑いだった。

「お母さんは君のことをよく話していたよ。特別な子だって」

特別。母さんがその言葉をどんな意味で使ったか、想像がついた。博士が指を折ってこぶしを握った。

「指でテーブルを叩くのを、今はやめておこう。でもこの癖はなかなかやめられないんだ。それに、私が聞きたいのは、もうちょっと長い目で見て、何かしてほしいことはないかということだったんだけどね」

「長い目で見て、してほしいことですか？」

「そう。一人でやっていくのが大変なら、経済的な援助でもいいし」

「保険もあるので、とりあえずは大丈夫です」

「お母さんが、もし君が困っていたら力になってやってくれとよく言ってたよ。お母さんとはけっこう親しかったんだ。君のお母さんは、話していてとっても気持ちのいい人だった」

博士が過去形で話していることに気が付いた。

「会いに行かれたんですか、病院に？」

シム博士がうなずいた。口元がちょっと下がっていた。母さんのことを悲しんでいるのだとしたら、母さんもきっと嬉《うれ》しく思うだろう。それは母さんが教えてくれた〝チップ〟だった。思いがけないご褒美《ほうび》みたいなもの。自分の悲しみを人が一緒に悲しんでくれるのは嬉しいことだと。マイナス×マイナス＝プラスの原理だと言っていた。

「ところで、どうして博士と呼ばれてるんですか?」

「医者だったんだよ、昔はね」

「面白い転職ですね」

博士はまたぷっと噴き出した。少しずつわかってきたのだけれど、僕がユーモアのつもりでなく言った言葉にも、彼はいつも笑ってくれた。

「本が好きなのか?」

「はい。以前も母さんの手伝いで店の仕事をしていました」

「じゃあこうしよう。店を続けなさい。この建物の持ち主は私だ。君はアルバイトとして仕事を続けて、私が給料を払おう。死亡保険金は、君が大学に行く時や、どうしても必要な時のためにとっておいて、生活費はとりあえずアルバイト代で賄《まかな》いなさい。君さえよければ、ややこしいことは一通りやっておいてあげよう」

僕は、家に訪ねてきた社会福祉士に言ったのと同じように、考えてみますと答えた。普通ではありえない提案をされたときは、とりあえずまずは時間を稼ぐよう教わったから。

「困ったことがあったら、いつでも言いなさい。君と話すのがこんなに楽しいなんて、ちょっと驚いたよ。それから、せっかくやるんだから、少しでも売り上げが増えるよう頑張ってみたらいい」

出て行く前に、彼に尋ねた。

「もしかして、母さんと付き合ってたんですか？」

シム博士の目が大きくなって、またすぐに細くなった。

「そう思ったかい？　私たちは友だちだったんだ。とてもいい友だち」

彼の顔に浮かんでいた微笑《ほほえ》みが、ゆっくりと消えていった。

22

シム博士の提案を受け入れることにした。どう考えてみても、僕にとって危険なことではなさそうだった。それ以上困ったことは起こらず、日常は続いた。僕は売り上げを増やすようにというシム博士の言葉を守るために、状態の良い人気の文芸書や公務員試験の参考書など、売れ筋の本を揃《そろ》えようと、毎日毎日、本の検索に没頭した。寒い日には客足がぷっつり途絶えて、一日中一度も口を開かない日もあった。たまに水を飲もうと口を開けると、干からびたような臭いが鼻にふっと上ってきた。

机の隅《すみ》に立てかけた額の中の僕たち三人は、ずっと変わらないままだった。笑っている母娘《おやこ》とその真ん中の表情のない僕。ときどき、母さんとばあちゃんは旅行に行ったのではないかとありえない空想をしてみたりもした。もちろん、終わることのない旅行だということはわかっている。二人は、僕の世界のすべてだった。でもばあちゃんと母さんがいなくなってわかったのは、世の中には二人以外の、ほかの人も存在するということだった。一人ずつゆっくりと、ほかの人たちが僕の人生に登場する。その一人目がシム博士だった。博士はときどき本屋に寄ってパンを置いていったり、僕の肩をぐっとつかんで、頑張れと言ったりした。とっくに頑張っているのに。

　夕暮れになると、母さんのところへ行くのが日課だった。母さんは、いつ行っても、眠れる森の美女のように、静かに横たわっているだけだ。この状況を知ったら、母さんは僕がどうすることを望むだろう。一日中ベッドの横にいて、数時間おきに自分の体の向きを変えてくれることを望むのだろうか。そうではないはずだ。母さんは僕に学校に行ってほしいと思うだろう。それがまさに、僕の歳に合った普通の暮らしだから。だから僕は、学校に行くことにした。

　真冬の凍るような強風も、少しずつ穏やかになっていった。ソルラル（旧正月）が近づき、バレンタインデーが過ぎ、人々のコートが薄くなって、僕は中学校を卒業した。テレビやラジオは、一月、二月はいつの間にか過ぎてしまうと、愚痴《ぐち》とも泣き言ともつかない言葉を毎日のように繰り返した。

そして三月になった。幼稚園児が小学生になり、小学生が中学生になる季節だ。僕も高校生になって、新しい学校に通い始めた。先生や生徒たちと毎日会う生活がまた始まった。

そして、少しずつ状況が変わり始めた。

23

できてから二十年くらいの男女共学の高校。有名大学への進学率は特に高くはなかったけれど、生徒たちが荒れているとか問題児が多いというような噂《うわさ》のあるところでもなかった。

シム博士が入学式に来てくれると言ったけれど、断った。僕はどこにでもありそうな入学式の風景を、式場の一番後ろから一人眺めていた。校舎は赤い色の建物で、最近内部を改装したらしく校舎全体にペンキや建築資材の臭いが充満している。制服がまだ体に馴染《なじ》まず、ごわごわしていた。

学期が本格的に始まった次の日、僕は担任に呼び出された。今年で着任して二年目になる女の先生で、僕と十歳くらいしか違わないように見えた。担当科目は化学だった。担任は相談室の古い紫色のソファーに身を投げるようにどかっと座り、その勢いでほこりが舞い上がった。担任はこぶしを口に当ててせき込み、そして小さな音を立てて空咳《からぜき》をした。ここでは先生だけれど、ひょっとすると家では、かわいがられている末っ子とかかもしれない。コホン、コホンと長く続いた空咳が耳に障り出した頃、担任が軽い調子で話を切り出した。

「辛かったでしょう。私は何をしてあげたらいいかな?」

担任は、僕に起こった出来事をだいたい知っていた。遺族団のカウンセラーと弁護士が学校に連絡をしたようだった。担任がその言葉を全部言い終わらないうちに、僕は、

「いえ、大丈夫です」

と答えた。期待していた返事ではなかったのか、担任は口をきゅっと固く結んで、わずかに眉をつり上げた。

翌日、終礼の時に事件は起きた。新年度が始まって二日しか経っていないのに、担任はもう生徒たちの名前を覚えていたけれど、誰もそんなことには感動しなかった。彼女が苦労して覚えた生徒の名前は、誰々、静かにしなさい、誰々、ちょっと座って、というふうにしか使われなかったから。生徒たちから敬意を払われるような先生でないのは明らかだ

った。三秒ごとに一回空咳をするのが癖なのか、話すとき、途中途中にコホンという音が入った。

「えー、それから」

突然、担任が声のトーンを上げた。

「このクラスに、とっても辛いことがあった仲間がいます。この間のクリスマスに家族を亡くしたのです。みんな、その仲間に激励の拍手を送りましょう。ソン・ユンジェ、立って」

担任の言うとおりにした。

「ユンジェ、頑張って」

担任はまずそう言って、両手を高く上げて拍手をした。テレビ番組で見た、スタジオのカメラの後ろで観覧客の拍手を煽《あお》るフロアディレクターみたいだった。

生徒たちの反応はまるで気が抜けたものだった。そこここで、まばらに拍手するそぶりだけをする様子が目に入った。心から拍手する子も何人かはいたので、それでも拍手の音が聞こえることは聞こえた。拍手はすぐに収まった。そして、その後には物音ひとつしない静けさの中で僕を見つめる数十個の瞳があった。

前の日に担任から何をしてあげたらいいかと聞かれたときに、大丈夫ですと答えたのは間違いだった。

「放っておいてもらえると助かります」

と言うべきだった。

24

僕についての噂が広まるのに、それほど時間はかからなかった。検索サイトで「クリ」と打つだけで、自動的に候補としてクリスマスイブ殺人、クリスマスイブ事件といった言葉が現れ、母親と祖母を失った十六歳のソン某君に関する記事もたくさん見つかった。葬儀場で撮られた僕の写真は一応モザイク処理がされていたけれど、僕を知っている人なら一目でわかってしまうものだった。

生徒たちの反応はさまざまだった。廊下の向こうの方で僕を指さしたり、僕が通りかかるとあからさまに噂話を始める子たちもいたし、給食の時間、食堂でわざわざ僕の隣に座って話しかけてくる子たちもいた。授業中に振り返ると、間違いなく誰かと目が合った。

ある日、一人の子が、みんなが知りたがっていることを口に出した。僕は昼食を終えて教室に戻るところだった。廊下の窓の外に小さな影が揺れているのが見えた。木の枝が窓に触れたり離れたりしている。枝の先には、小さなレンギョウの芽がついている。僕は窓を開けて、枝を反対の方向に向けてやった。花は陽《ひ》の光を浴びた方が良いと思ったからだ。そのとき、突然よく通る大きな声が廊下じゅうに響いた。

「おい、母さんが目の前で死んだとき、どんな気分だった？」

声のする方に体を向けた。体の小さな子だった。授業中も先生によく口答えして、クラスの雰囲気を自分の思い通りにしたがる子。どこに行ってもそんな子はいる。

「母さんは死んでないよ。死んだのはばあちゃんだ」

僕が答えると、その子の口から、ほお、と小さく感嘆詞が出てきた。そして周りを見渡して、目が合った何人かとくすくす笑った。

「あ、そう。ごめんね。もう一回聞くわ。ばあちゃんが目の前で死んだのを見た気分は？」

その子がもう一度聞いた。周りで女子たちが、うわあ、うそ、何それ、と声を上げた。

「なんだよ、みんなだって知りたいだろ？」

その子が両方の手のひらを上に向けて肩をすくめて言った。さっきよりも声が小さくなっている。

「知りたい？」

僕の言葉に誰も答えなかった。みんな静まり返って僕を見つめていた。

「別に何ともないよ」

僕は、窓を閉めて教室に入った。周りは再び騒然となった。僕が失敗したのは明らかだったけれど、もう一分前に戻ることはできなかった。

25

この出来事で僕はちょっと有名になって、いろんな噂話が広がった。もちろんそのほとんどは、一般的な基準からみればあまりありがたくないものだった。僕が廊下を通ると、生徒たちは海が割れるように両脇によけた。あちこちからひそひそ声が聞こえてくる。あの子だよ、あの子。見た目は普通なんだね。そんな言葉。僕を見に、一年生の廊下まで来る二年生や三年生もいた。殺人現場をその目で見た子。それも家族が目の前で血を流して死ぬのを見た子。それでも瞬《まばた》きひとつせず、何ともないと言う子。

噂はどんどん大きくなっていった。小学校や中学校で僕と同じクラスだった子の話とか、僕の奇行をこの目で目撃したという証言が相次いだ。噂というのは大概そんなものだけれど、思い切り誇張されていた。ＩＱが二〇〇だとか、近づくとナイフで刺されるかもしれないとか。さらには母さんとばあちゃんを殺したのは僕だという話まで出回った。

母さんはいつも、集団生活にはいけにえの羊が必要なんだと言っていた。母さんが僕にあの厳しい訓練をさせたのも、僕がそのいけにえの羊になる可能性がとても高いからだ。母さんとばあちゃんがいなくなった今、母さんの予言は現実のものとなった。生徒たちは僕がどんな話にも反応しないことにたちまち気付き、そうすると全くためらう様子もなく僕に質問をしてきたり、意地の悪い冗談を浴びせたりした。もう、想定場面の数を増やして、予想される会話を作ってくれる母さんはいないので、僕はお手上げだった。

職員会議でも、僕の話が出た。特に目立った行動をしたわけでもないのに、僕がいると教室の雰囲気が落ち着かなくなると、保護者から苦情があったらしい。先生たちは僕がどういう子なのかよく理解できなかった。しばらくして学校を訪ねたシム博士は、担任と長い面談をした。その日の夜、僕たちは中華屋でジャージャー麺をはさんで向かい合って座った。ジャージャー麺がほとんどなくなる頃、シム博士は本題を切り出した。遠回しに言っていたけれど、要するに、学校という空間が僕に合わないのではないか、という話だった。

「学校をやめろということですか？」

シム博士は首を横に振った。

「誰もそんなことは言えないさ。私が言ってるのは、君が高校を卒業するまで、ずっとこんな扱いに耐えられるのかってことだ」

「僕は別に構いません。僕がどんな人間かは、母さんから聞いてご存じでしょう？」

「お母さんも君がこんな目に遭《あ》うことは望まなかっただろう」

「母さんは、僕が普通に暮らすことを望んでいました。それがどういう意味か、ときどきよくわからなくなるんですけど」

「お母さんが願ってたのは、別な言い方をすれば、平凡に生きるってことなんじゃないか」

「平凡……」

確かにシム博士の言う通りかもしれない。人と同じこと。波乱がなくありふれていること。平凡に学校に通って、平凡に卒業して、運が良ければ大学にも行って、何とか良い仕事を見つけて、好きな女性と結婚して家庭を作り、子どもを作って……そんなこと。目立つなという言葉と相通じること。

「親は、子どもに多くのことを願うものさ。でもそれがだめなら、平凡を願うんだよ。それがまずは基本だと考えるからね。ところがだ、平凡というのは、実は一番実現するのが難しい目標なんだ」

考えてみれば、ばあちゃんが母さんに願ったのも、平凡だったのかもしれない。でも母さんはそうなれなかった。博士の言う通り、平凡というのはそう簡単なものではないのかもしれない。みんな〝平凡〟という言葉を、大したこととは考えず気軽に口にするけれど、その言葉に込められた平坦《へいたん》さに当てはまる人生を送っている人がどれだけいるだろうか。僕にとってはなおのこと難しい。僕は平凡とは生まれつき縁遠いから。かと言って非凡でもないから。その間のどこかでうろうろしているおかしな子でしかないから。だから僕は、一回挑戦してみることにした。平凡になることに。

「学校にはこれからも行きます」

それがその日の結論だった。シム博士がうなずいた。

「問題は〝どうやって〟だよ。私がしてあげられるアドバイスはこれだ。頭っていうのは、使えば使うほど良くなると言われてる。悪く使えば、悪いことを考える頭が発達するし、良く使えば、いい発達をするんだ。君はある部分に生まれつき弱点をもっていると聞いた。でも練習すれば、ある程度は変わることができるはずだ」

「練習は、十分しています。例えばこうやって」

僕は口角をきゅっと上げた。でも僕の笑顔がほかの人たちの笑顔と違うということくらいは、よくわかっている。

「お母さんに話してみなさい」

「何をですか？」

「君が高校生になって、学校にちゃんと通ってるってことをだよ。お母さん喜ぶよ」

「その必要はありません。母さんは何も聞こえませんから」

シム博士は、それ以上何も言わなかった。僕に言わせれば、それは反論しようのない言葉だった。

26

雨が窓に当たって、滴《しずく》が長く伝い落ちている。春雨《しゅんう》だ。母さんは雨が好きだった。雨の匂いが好きだと言っていた。でも今は雨の音を聞くことも、雨の匂いを嗅《か》ぐこともできない——雨の匂いだなんて母さんは言うけれど、本当は、雨に当たったアスファルトから立ち昇る蒸気のちょっと生臭いような臭いなんだと思う。母さんの横にじっと座って手を握った。肌が随分荒れている。母さんの頬《ほお》と手の甲に、バラの香りのローションを塗ってあげた。病室を出て、食堂に行こうとエレベーターに乗った。ドアが開いた瞬間、一人の男と目が合った。僕を怪物と会わせた人。僕の人生にあの子を引っぱり込んだ男。

銀色の髪をした中年の男だった。きちんとした身なりをしていたけれど、肩が下がっていて、目は濁《にご》って生気がなかった。明るい表情をしていれば、かなりハンサムな顔と言えたのかもしれない。でもその顔は、やつれていて暗かった。

僕を見た瞬間、男の瞳が左右に大きく揺れた。遠からず彼にまた会うことになるだろうという予感がした。僕に予感という言葉が似合わないことはわかっている。正確に言えば、僕は予感を感じたのではないから。

でも、よく考えてみれば、予感は〝ただなんとなく感じられる〟ものではない。日常的に経験する出来事は、気付かないうちに頭の中で条件と結果に分けられ、一つひとつ記憶として積み重ねられていく。そうすると、似たような状況に遭遇したとき、無意識のうちに結果を予測するようになる。だから予感というのは、実は因果関係のデータに基づいた客観的な見通しなのだ。果物をミキサーにかけるとジュースになることを知っているように。男が僕を見る目つきは、僕にそんな〝予感〟を与えた。

その後も、病院に行くとたびたび男に出くわした。食堂でも廊下でも、視線を感じて振り返ると、いつも彼が僕を見つめていた。何か言いたいことがあるようにも、観察しているようにも見えた。だから彼が店に僕を訪ねてきた時も、少しも意外に思わなかった。

「いらっしゃいませ」

男は小さく会釈《えしゃく》をすると、ゆっくり書架を見て回った。一歩一歩、重みのある足取りだった。彼は、哲学の書架を通り過ぎて文学のコーナーでしばらく立ち止まり、一冊の本を手にしてカウンターにやって来た。

満面に笑みをたたえていたけれど、男はなぜか僕をまっすぐに見られなかった。そういう人は何か〝不安〟を抱えているんだと母さんが言っていた。彼は本を差し出して、値段を尋ねた。

「百万ウォンです」

男が本を裏返した。

「そんなにするの？」

「そんなに価値のある本なのかい？　初版本でもないのに。まあ、翻訳書の初版本に、あんまり意味があるとも思えないけど」

本のタイトルは『デミアン』だった。

「とにかく百万ウォンです」

それは母さんの本だった。中学生の時から母さんの本棚に並んでいた本。文章を書きたいという夢を抱かせた本。売るつもりのない本だった。よりによってそれを選ぶとはさすがだと思った。男が息を吸い込んだ。何日か剃《そ》っていないのか、髭《ひげ》がにょっきり伸びていた。

「まずは自己紹介をしないとね。僕はユン・グォノと言います。大学で経営学を教えてるんだ。インターネットで検索すれば出てくるよ。自慢してるんじゃなくて、身元は確かだってことが言いたいんだ」

「顔は知ってます。病院で何度か会いましたよね」

男の表情が和《やわ》らいだ。

「覚えていてくれて嬉しいよ。君の保護者だというシム博士にも会ったよ。君に起こった気の毒な事件についても聞いた。君がほかの子とはちょっと違ったところのある子だってことも。シム博士が君と直接話してみろって言うので、訪ねてきたんだ。実は君に頼みたいことがあってね」

「何ですか?」

彼はしばらく答えなかった。

「何から話せばいいか……」

「頼みがあるんですよね。その頼みを言ってもらえれば」

「聞いていた通り、君はほんとにはっきりしてるな」

男がちょっと笑った。

「君はお母さんの具合が悪いんだよね？　僕は妻が病気なんだ。妻はもうすぐあの世に行く。ひょっとするとあと何日かで……」

男の背中が、エビのようにゆっくり前に曲がったように見えた。呼吸を整えてから、彼はまた口を開いた。

「君に頼みたいことは二つだ。一つは、僕の妻に会いに、僕と一緒に来てほしいということ。二つ目は……」

彼がまた深呼吸をした。

「妻の前で、うちの息子のふりをしてもらえないだろうか。難しいことはないと思う。僕が言ってほしいということをいくつか言ってくれればいい」

よくある頼みごとではなかった。あまり聞いたことのないことは、おかしなことだ。理由を聞いた。男はもう一度、店の中を一巡した。どんな言葉でも、切り出すのにちょっと時間のかかる人みたいだった。

「実は、十三年前に息子がいなくなってしまったんだ」

男が話し始めた。

「息子を捜すためにあらゆる手を尽くしたけれど無駄だった。息子がいなくなるまでは、僕も妻も成功した人生を送っていると思っていた。僕は留学して若くして教授になったし、妻も立派なキャリアがあった。金に不自由したこともなかった。でも子どもがいなくなってからは、すべてが変わったよ。僕たちの関係は壊れ、妻は病気になった。僕にとっても、辛い日々だったよ。どうしてこんなことまで君に話してるのか、わからないけど……」

「それで？」

男の話があまり長くならないことを願いながら尋ねた。

「ところがこの間、電話があったんだ。息子かもしれない子がいるって。僕はその子に会いに行った……」

男は話をやめ、唇をしばらくの間ぎゅっと嚙《か》んだ。

「妻があの世に行ってしまう前に、息子に会わせてあげたいんだ。妻が夢にまで見ていた息子に」

男は〝夢にまで見ていた〟というところに力を込めた。

「見つかった息子さんは、夢に見た姿とは違っていたんですか？」

「そこのところはちょっと言いにくい。いや、説明するのが難しい」

彼がうつむいた。

「じゃあ、どうして僕なんですか？」

「この写真を見てほしい」

彼が一枚の紙を差し出した。行方不明の子どもを捜すチラシだった。三、四歳くらいに見える小さい子の写真の横に、最近の姿の推定写真があった。まあ、僕に似ていると言えばそう言えなくもない感じだった。具体的に顔のどこがというよりも、雰囲気が。

「見つかった息子さんは、この写真とは違っていたんですか？」

写真を見てもやっぱり訳がわからず、もう一度聞いた。

「いや、この写真に似てる。だから、君にもちょっと似てるだろう。でもこの子は今、自分の母親に会える状態ではないんだ。どうか頼む。一度だけ力を貸してくれ……。君のお母さんの病室をもっといい部屋に移してやろう。介護人も付けられるようにする。ほかにも君が望むことがあれば、できる限り叶えるよ」

男の目に涙が浮かんでいる。僕はいつものように、考えてみます、と言った。

彼の言葉は嘘《うそ》ではなかった。インターネットで簡単に、彼の職業と家族関係、いなくなった子どもの話が見つかった。「特に害がないのなら、人助けはした方が良い」。ばあちゃんのアドバイスを思い出した。翌日、彼が再び訪ねてきた時、僕は首を縦に振った。

でも、もし先にゴニを知っていたら、そんな選択はしなかっただろう。その選択によって僕は、自分の意図とは関係なくゴニから何かを永遠に奪ってしまったのだから。

27

色とりどりの花が病室を飾っている。あちこちについている明るい電球が温かく輝いている。そこは母さんのいる六人部屋とはまるで様子が違っていた。病室ではなく、映画で観たホテルの部屋みたいだった。おばさんは、花が好きな人なのだろう。花の香りで頭がずきずきした。壁紙まで花柄で、目がまわるようだった。病院に花を持ち込むのは原則的に禁止だと聞いていたけれど、許される場合もあるんだなと思った。

おじさんが僕の腕に手を回したまま、ゆっくりとベッドに近づいた。花に囲まれたおばさんは、もうお棺の中に横たわっているみたいに見えた。近くで見るおばさんの顔は、映画に出てくる余命宣告を受けた病人の顔に似ていた。窓の外から入ってくる日差しも、顔に落ちる灰色の影を消すことはできなかった。彼女は僕に向かって木の枝のような手を伸ばした。頬に手が触れた。命のぬくもりの感じられない手だった。

「イス、イスなんだね。うちの息子、私のかわいい息子。やっと来てくれたのね……」

おばさんはさめざめと泣いた。その体でそんなに泣く力が残っているのが不思議だった。彼女が体を揺らすたびに、体が粉々になってなくなってしまうのではないかという気がした。

「ごめんね。私は、母さんはね、あなたとやりたいことがほんとにいっぱいあったの。ほんとに。ご飯食べたり、旅行に行ったりして、あなたが大きくなっていく時間を一緒に過ごしたかった……。生きていくのって、思うようにならないものね。でも、こんなにちゃんと育ってくれたのね。ありがとう」

おばさんは、ありがとうという言葉とごめんねという言葉を交互に十回くらい言って、また泣いた。そして、頑張って笑顔を浮かべた。僕がそこにいた三十分の間、おばさんはずっと僕の手を握り、頬をなでていた。残り少ない命の力をすべて僕に注いでいるかのようだった。

僕は、あまりしゃべらなかった。おばさんがちょっと話すのをやめたときにおじさんが目配せをして、そのときにあらかじめ言うように頼まれていたことを言っただけだ。いい家庭で特に苦労せずに育った、これからは父さんのそばで一生懸命勉強する。だから心配しないで、と。そして軽く微笑んだ。気力を使い果たしたのか、おばさんは目を閉じた。

「抱きしめてもいいかい」

それが、おばさんが僕にかけた最後の言葉だった。乾ききった木の枝のように痩《や》せ細った二本の腕が、僕の背中をぎゅっと抱きしめた。がっちり罠《わな》にはまってしまったように、身動きもできなかった。彼女の心臓の鼓動が僕に伝わってきた。ものすごく熱かった。でも、すぐにおばさんの腕が力なくほどけた。眠ったのだと、そばにいた看護師が言った。

28

おばさんはかつて有名な記者だったそうだ。機知に富んだ文章を書き、人がなかなかできない勇気ある質問で相手を慌《あわ》てさせた。自信に満ち、何ものも恐れない記者。ただ、仕事が忙しくて子どもを人に預けっぱなしにしていることがいつも気にかかっていた。

その日、おばさんは久しぶりに休暇を取って子どもと二人で遊園地に行った。くるくる回るメリーゴーラウンドに子どもを抱いて乗った。日差しが暖かくて、楽しい遠足だった。おばさんの携帯電話が鳴った。おばさんは、もう一度乗ろうと言う子どもの手を握って降りて、電話に出た。短い通話だった。ところが電話を切ると、子どもが見当たらなかった。子どもの手を離したつもりもなかった。

今のように防犯カメラがどこにでも設置されている時代ではなく、その防犯カメラも死角が多かった。それからの数日、必死にあちこちを捜し回ったけれど、子どもの行方はわからなかった。その後も夫婦は、考えられる限りの手を尽くして子どもを捜し続けたが、希望は次第に薄れていった。二人は、昼も夜も残酷な想像に苦しめられながら、とにかく生きていてほしい、できることならちゃんとした家で育っていてほしいと祈り続けた。おばさんはひたすら自分を責め、追い求めていた成功は所詮《しよせん》、蜃気楼《しんきろう》に過ぎなかったのだと思うようになった。

そうやって自分を追い詰め、おばさんは次第に病んでいった。おじさんは、子どもがいなくなったのは妻の責任が大きいと思っていたけれど、彼自身も孤独な人だったので、妻まで失ってしまうことを恐れた。ただ、病気になったおばさんに、息子はきっと帰ってくると慰《なぐさ》めの言葉をかけなくなって、もう随分経っていた。

僕に会う少し前、おじさん、つまりユン教授はある児童養護施設から連絡を受けた。息子かもしれないという話を聞いてそこを訪ねた彼は、十三年ぶりに自分の息子と再会した。でも息子は、今すぐに病床の妻に会わせることはできない状態だった。その息子こそ、ゴニだったのだ。

29

残り少ない力を、僕にすべて使ってしまったのだろうか。おばさんは僕が訪ねた日に昏《こん》睡《すい》状態になり、数日後に息を引き取った。おばさんの死を知らせるユン教授の声は、低く静かだった。近しい人の死をそんなふうに伝えられる人はそうはいない。僕のように感情をあまり感じることのできない人か、死ぬ前にもうその人から心が離れてしまった人だけができることだ。おじさんは後者だった。

僕がどうして葬儀に行ったのかはわからない。実際、行く必要はなかった。でも、なんとなく行った。ひょっとすると、おばさんが僕をものすごく強く抱きしめたせいかもしれない。

おばさんの葬儀は、僕が見たばあちゃんの葬儀の様子とはずいぶん違っていた。あのとき、合同葬儀でごちゃごちゃした中でも、ばあちゃんの遺影の前にいたのは僕だけだった。一方おばさんの葬儀は、久しぶりに会う人たちの親睦会みたいだった。誰もがこざっぱりとしていて、きちんとした身なりをしていた。みんな〝教養〟という言葉が似合う仕事や話し方をする人たちのようだった。お互いを教授、ドクター、理事、代表などと呼んでいるのが何度も聞こえた。

遺影の中のおばさんは、別人のようだった。唇は赤く、髪の毛はふさふさで、頬はふっくらとしていて、目はろうそくを灯《とも》したように明るく輝いている。ただおばさんの顔が若すぎた。どう見ても三十代前半の頃の写真を遺影に使ったのはなぜだろう。おじさんが僕の疑問を察したように言った。

「あの子がいなくなる前の写真なんだ。その後撮った写真には、あんな表情をしてるのは一枚もなかったんだよ。妻もあの写真が気に入っていた」

遺影の前にひざまずき、香を焚《た》き、平伏した。おばさんは、亡くなる前にようやく、ずっと待ち続けた息子との再会の願いを叶えることができた。少なくとも会えたと思ってあの世に旅立った。もし本当のことを知っていたら、おばさんはどんな気持ちで旅立ったのだろうか。

これで僕がやるべきことはすべてやったと思った。帰ろうと出口に向かって歩き出すと、突然空気が冷たくなったように感じた。その空気は、あっという間に式場全体をのみ込んでいった。とてつもない力を持った沈黙の衝撃波を浴びたように、参列者は一斉《いっせい》に口を閉じた。あるいは口を開けたまま、話すのをやめた。彼らの視線は、示し合わせたように一か所に向けられた。そこに、その子がいた。

30

背が低くてひどく痩せた子が、両手をぐっと握って立っていた。小さな体つきのわりに腕と脚がとても長かった。引き締まった体だ。『あしたのジョー』の主人公ジョーによく似た体格をしている。でもトレーニングで作られた体とは違っていた。ドキュメンタリーで見た途上国の子どものような体つきだった。一日中ゴミ捨て場をあさったり、観光客に付きまとってお金をねだる子どもたちのように、生きるために駆けずり回ってできた体。浅黒い肌にはつやがなかった。影のように濃い眉の下で碁石《ごいし》のように黒々と光る眼が、みんなを睨《にら》みつけていた。人々を沈黙させたのは、その目つきだ。近づくものは、たとえ自分の子でも餌食《えじき》にしてしまう猛獣のような目つきだった。

彼がペッと床に唾《つば》を吐いた。唾を吐くのが彼の挨拶の流儀のようだった。少し前に彼に初めて会った日も、彼はまったく同じ行動をしていた。実は、葬儀場での対面はゴニとの二度目の出会いだった。

何日か前、転校生が来た。教室のドアを開けた担任の後ろから、体の小さい子が一人入ってきた。その子がゴニだ。腕組みをしたまま片脚に体重をかけて立っていて、見知らぬ子たちの前でもまったく物おじする様子がなかった。担任は自分が転校してきたようにピリピリしていた。担任がゴニに自己紹介をするように言うと、ゴニは反対の脚に体重を移して、

「先生がしてください」

と言った。あちこちで爆笑が起こった。歓声と、それに交じって拍手の音も聞こえてきた。

担任は赤くなった顔を手であおいだ。

「ユン・イスよ。じゃあ、クラスのみんなに挨拶して」

その言葉にゴニは、あ、どうも……と言って頭をわずかに下げ、舌で頰の内側を交互につついて膨らませた。そしてニヤッと笑みを浮かべると、顔を横に向けてペッと唾を吐いた。

「これでいいですか？」

長いどよめきが沸き起こった。でもさっきとは違ってところどころ罵声《ばせい》も交じっていた。そんな場合は、担任が注意をするか、職員室に来なさいと言うのが普通だ。でもなぜ

か担任は、何も言わずに顔を背《そむ》けた。ぐっと抑えて飲み込んだ言葉が頭にのぼったのか、顔が一層赤くなっただけだった。ゴニは紹介が終わると一時間で早退した。

すぐに身元の割り出しが始まった。三十分も経たないうちに、ゴニがどこで何をしてきた子なのか、クラスじゅうに知れ渡った。一人の子が、いとこから聞いた情報を流したのだ。

そのいとこは、ゴニが少年院を出たあと、ここに転校してくる前に行っていた学校に通っていた。その子がいとこに電話をかけた。通話は、みんなの要望でスピーカーフォンで共有され、生徒たちは、久しぶりに心を一つにして車座になって座った。よく聞こえるように机の上に乗った子もいた。離れたところにいた僕にも、その言葉だけははっきり聞こえてきた。

「あいつ、完全にチンピラだ。殺人以外は何でもやってるよ」

誰かがふざけて僕に言ってきた。

「おい、出来損ない。どうする。もうおまえの時代は終わったぞ」

翌日、ゴニが教室のドアを開けて入ってくると、みんな一斉に静かになった。ゴニは何も言わずに席に向かった。みんな、さりげなく目をそらしたり、読んでもいない本に顔をうずめたりしている。大人しく座るのかと思ったら、ゴニはいきなり学生かばんを投げつけた。

「誰だ?」

昨日の身元調べに気付いたようだった。

「俺のこと調べたの誰なんだよ。自分から名乗り出た方がいいと思うぞ」

空気が音もなく振動した。最初の情報提供者が、体を震わせながら立ち上がった。

「い、いや……。僕のいとこが君を知ってるって言うから……」

その子の声がだんだん小さくなった。ゴニは、また舌で頰の内側を何度かつついて、そして口を開いた。

「ありがとな。おまえのおかげで、自己紹介する必要なくなったわ。俺はそんな奴だ」

ゴニが席にどかっと座った。

おばさんが亡くなったと知らせのあった日、ゴニは学校に来なかった。家族が亡くなったとのことだった。それでも僕は、まったく気付かなかった。ゴニがその子だということに。僕を息子だと信じたまま亡くなったおばさんの本当の息子だということに。

31

人々の間をかき分けてゴニが母親の遺影の前に進み、焼香をした。特に何事も起こらなかった。ユン教授の手引きに従ってひざまずき、香を焚き、杯《さかずき》を捧《ささ》げ、平伏するところまであっという間に終わった。すべての動作があまりにも速く、平伏は一度だけしてすっくと立ち上がり、おざなりに頭をこくりと下げた。ユン教授は、もう一度平伏するようゴニの背中を押した。でもゴニは体でその手を押しのけて、どこかへ行ってしまった。

ご飯を食べて行きなさいというユン教授の勧めで、僕はお膳の前に座った。ソルラルやチュソク（中秋節）の日に母さんが用意してくれたのと同じような料理が並んでいた。温かいスープにチヂミ、はちみつの入った餅に果物。いつの間にかお腹が空《す》いていたみたいで、ご飯がするすると喉《のど》を通った。

人は他人のことを話すとき、自分の声がどれほど大きいかよく忘れてしまう。話している本人は小さな声で話しているつもりでも、その言葉はたいがい、全部ほかの人の耳に入っている。ご飯を食べている間、ゴニについての話が空中を漂っていた。葬儀の二日目になってから現れたのは、あの子が来るのを拒否していたからだとか、施設から出るや否や問題を起こしたとか、転校させるのに金がいくらかかったとか、息子の代わりをした子が別にいるとか、いろいろな話が目まぐるしく飛び交った。僕は隅っこでみんなに背中を向けて、黙って座っていた。よくわからないけれど、なぜかそうしなければならないような気がした。

夜になり弔問客が少なくなった頃、再びゴニが現れた。ゴニの目は射るように僕を見つめ、ずっと視線を向けたまま僕の前に来て座った。一言も話さずに、ユッケジャンを二杯ズズーッと平らげたゴニは、顔の汗を拭《ぬぐ》ってようやく口を開いた。

「おまえだったのか。俺の代わりに息子の役をした奴ってのは」

答える必要はなかった。次の言葉もゴニの番だったから。

「これから頭の痛い毎日になるからな。ま、楽しみにしてろよ」

ゴニがニヤッと笑って席を立った。そして、その翌日からが本当の始まりだった。

32

ゴニのそばには、二人の子が付き従っていた。痩せっぽちの方は、ゴニの言葉をほかの子たちに伝える雑用係の役をしていて、図体《ずうたい》の大きいもう片方は、睨みをきかせて人を威《い》嚇《かく》する役回りだった。僕には三人が、そんなに仲良さそうには見えなかった。友だちというよりは、互いの利害か何かの目的のためにつるんでいるだけのようだった。

とにかくゴニは、僕をいじめることを新しい趣味にしたようだった。箱を開けると飛び出す人形のように、にゅっと僕の前に現れてはちょっかいを出した。売店の陰に潜んでいて突然殴《なぐ》りかかってきたり、廊下の端《はし》に立っていて、足を出して転ばせたり。そんな小さな計画が成功するたびに、ゴニはすごいプレゼントでももらったみたいに大笑いし、両脇に立っている二人もゴニの顔色をうかがって、調子を合わせて同じように笑った。

僕は、終始一貫相手にしなかった。次第にゴニを怖がり、僕をかわいそうだと思う子が増え始めた。でも、誰も先生には言わなかった。後で面倒なことになっては困るという打算もあったかもしれないが、僕の反応が、辛くて助けを求めている感じではなかったということもあるのだろう。二人とも変な奴だから、見物でもしていようというのが、大方の受け止め方だった。

ゴニが僕にどんな反応を求めているのかは、わかり切っていた。小学校の時も、中学校の時も、そんな子たちがいた。人をいじめて、相手の悲しそうな顔を見て喜ぶ子たち。お願いだからやめてくれと懇願してくることを望む子たち。そういう子たちは大抵、力で自分の望みを叶える。でも僕は知っていた。ゴニの望みがちょっとでも僕の表情に何か変化を見ることなら、永遠に僕には勝てないということを。そうすればするほど、力を消耗するのはゴニの方だということも。

じきに、ゴニはターゲットが尋常ではない相手だということに気が付いたようだった。僕へのちょっかいは続いたけれど、前みたいに堂々とした様子ではなくなった。「びびってるんじゃないか？　あれは完全に苛《いら》ついてるよ」。生徒たちは、ゴニにわからないようにささやきあった。ゴニたちのちょっかいに僕が何も反応せず、誰かに助けを求めることもしないで時間が過ぎていくうちに、徐々に教室の空気は張りつめていった。

その後しばらくして、とうとう疲れてしまったのか、ゴニは僕を転ばせたり後ろから頭を殴ったりする代わりに、正式に決着をつけることを〝宣言〟した。担任が朝礼を終えて出て行くや否や、痩せっぽちが黒板の前にちょこちょこと駆け寄って何か書き始めた。黒板に下手くそな文字が書かれた。

明日　給食のあと　しょうきゃくろの前

ゴニの威圧するような声がクラスじゅうに響いた。

「はっきり通告したからな。どうするかはおまえが選べ。殴られたくなかったら来るな。おまえが来なければ、怖気《おじけ》づいてずらかったってことで、もうちょっかい出すのはやめてやる。もし来る気なら覚悟して来い」

返事をせずに、リュックをしょって立ち上がった。ゴニが僕の背中に本を投げつけた。

「聞こえたのか？　出来損ない。殴られたくなかったら、俺の前に現れるなって言ってるんだ」

ゴニが声を荒らげた。怒りを抑えきれず、顔が赤くほてっていた。

僕は静かに尋ねた。

「どうして僕が君を避けなきゃならないの？　僕はいつものところへいつものように行くよ。そこに君がいなければ会うことはないだろうし、いれば会うだけだよ」

背中に投げつけられる罵声にかまわず、僕は教室を出た。ゴニがやっかいなことを始めて、自分で自分を苦しめていると思うだけだった。

33

全校生徒がゴニと僕の対決を知っていた。朝から学校中が騒がしく、ときどき聞こえてくる話し声は、給食のあとに起こることをみんな固唾《かたず》をのんで待ち構えていることを教えてくれた。誰かが「ああ、なかなか時間が経たないなあ」と大声をあげ、別の誰かは「ソン・ユンジェは、ホントにそこに行くのかな」と言った。どちらが勝つかで賭けをする子たちもいた。僕は、普段と変わりなく授業を受けた。僕の感覚では時間は早くも遅くもなく、いつもと同じように流れた。四時限目が終わり、給食の時間を告げるチャイムが聞こえた。

食堂では誰も僕の隣に座らなかった。そこまではいつもと変わりなかった。食事を終えて立ち上がると、遠くで何人かの子たちが僕のあとを追って立ち上がるのが見えた。僕が動くと、生徒たちの群れがだんだん大きくなった。食堂を出た。教室に行くには、焼却炉の前を通るのが近道だ。僕はいつものようにてくてく歩いて行った。ゴニが立っていた。子分たちは見当たらず、彼一人だった。ゴニは足で木の根をつんつんともてあそんでいたが、僕を見て動きを止めた。遠くからでも彼が両手のこぶしを握りしめているのが見えた。僕とゴニの距離が縮まるにつれて、僕のあとをついてきた子たちがほこりをはたいたようにパラパラと散った。

ゴニの浮かべている表情は、少し複雑だった。怒っていると言うには、唇をきゅっと嚙んでいたし、悲しいと言うには、目じりがすごく上がっていた。この表情をどう読み取るべきか。

「びびってる、びびってるぜ。ソン・ユンジェがホントに来たんで、マジで慌ててるよ、ユン・イスの奴」

　誰かが声を張り上げた。

　ゴニと僕は、もう何歩かしか離れていなかった。僕は同じ速さで歩き続けた。ご飯を食べるといつも眠くなるので、早く教室に戻って机に突っ伏して寝たいだけだった。自分でも気付かないうちに、僕はゴニを何でもない風景のように通り越した。おお、というどよめきが沸き起こり、その瞬間、後頭部に何かが当たったように感じた。腕の出方がいいかげんだったのか、ちょっとかすっただけで、痛くはなかった。でも後ろを振り向く間もなく今度は蹴《け》りが飛んできて、体がぐらりと前に傾いた。

「だから、来るなって、言っただろ、くそっ、これは、おまえが、選んだ、ことだからな」

　一言発するたびに一発ずつ、蹴りが規則的に体を揺らした。蹴るたびにゴニの込める力はどんどん強くなっていった。僕はいつの間にか倒れて、口からはうめき声が漏れた。口の中が血でいっぱいになった。でも僕はどうしても彼が望むことをしてあげられなかった。

「おまえって奴はいったい何なんだ、この出来損ないが！」

ゴニが、ほとんど泣きそうな顔で大声を上げた。黙って見守っていた子たちも騒ぎ始めた。このままじゃ大変なことになるぞ。おい、誰か担任を呼んでこい！　騒然とする中で誰かが叫んだ。その声を聞いたゴニは、周りで見ている子たちに顔を向けた。

「誰だ？　後ろでほざいてないで出てこい。出てこいって言ってんだよ」

ゴニは辺りに落ちている物を手当たり次第につかんで、みんなに向かってやたらめったら投げつけ始めた。空き缶や木の切れ端、ガラス瓶などが宙を飛び、地面に落ちた。みんな声を上げて逃げ出した。その様子には、見覚えがあった。ばあちゃん。母さん。あの出来事が起こったときの街の人々の姿は、今のこの光景と同じだった。もうやめさせなければ、と思った。口の中に溜《た》まった血を、唾と一緒に吐き出してから言った。

「やめろよ。君が望んでいることを僕はしてやることができないんだ」

「何だと？」

ゴニは怒りで息を荒くしていた。

「君が望んでいることをするには、僕は演技をしなきゃならない。それは僕には難しすぎる。無理なんだ。だからもうやめろ。みんなだってうわべでは怖がってるふりをしてるけど、内心では君をバカにしてるんだから」

ゴニが辺りを見回した。一瞬、時間が止まったように静寂が流れた。ゴニの背中が、敵意を抱いた猫のように上に突き出ていた。

「くそっ、みんな死んじまえ！」

そしてゴニは大声で叫び始めた。口から出てくるのは、罵《ののし》りの言葉ばかりだった。呪《のろ》い、悪口、それだけでは表現しきれない狂気。

34

ゴニは、本名をイスという。それは彼のお母さんが付けた名前だ。でもゴニは、イスと呼ばれた記憶はないと言った。それにイスという名前は弱々しく聞こえて嫌だとも。彼の持っていたたくさんの名前の中で、ゴニという名前が彼は一番好きだった。

ゴニの最初の記憶は、見知らぬ場所でたくさんの人たちが訳のわからない言葉で騒いでいる光景だ。幼いゴニは、自分がどうしてそこにいるのかわからない。とにかくごちゃごちゃしていて騒々しいだけだった。彼は大林洞《テリムドン》にある簡易宿泊所の狭苦しい部屋で、中国人の老夫婦と暮らし、彼らはゴニをチョヤンと呼んだ。何年も、彼は家の外に出たことがなかった。捜しても捜してもゴニの行方がわからなかったのは、そのせいだったのかもしれない。

入国管理局の強制捜索があって老夫婦は姿を消し、ゴニはあちこちの家を転々としたあげく、児童養護施設に入った。みんな彼を老夫婦の本当の孫だと思っていたし、彼らが中国に帰ったという公式の記録もなかったので、この時も調査が行われず、本当の両親を見つけることはできなかった。

しばらく施設で過ごしたあと、ゴニは子どものいない夫婦の養子に入った。そこではゴニはドングと呼ばれていた。あまり良い環境ではなく、下に赤ちゃんが生まれると、二年でゴニとの養子縁組は解消された。その後ゴニは再び施設で暮らし、あれこれ問題を起こしては少年院を出たり入ったりを繰り返すようになった。ゴニという名前は、希望院《ヒマンウォン》という施設にいたときに自分でつけた名前だった。

「名前に漢字もあるの？」

「いや、そんな難しいもんは知らねえよ。なんとなく思いついたんだ」

そう言ってニヤッと笑う。ゴニはそんな子だった。僕も、ゴニという名前はチョヤンやドング、イスといった名前よりずっと〝ゴニらしい〟と思った。

焼却炉の前で起こった事件で、ゴニは一週間の停学処分を受けた。その日、誰かが報告しに行って先生が飛んで来なかったら、どんなことになっていたかわからない。ユン教授が学校に呼ばれて、僕の届け出上の保護者のシム博士と向かい合った。シム博士はなんとか冷静さを保ちながら、これまでの僕への暴力に強く抗議した。そして、事情も知らないのに、深く考えもせずユン教授と僕を会わせてしまったことをひどく後悔した。ユン教授は、停学期間が終わったあともゴニの態度に改善が見られなければ、転校してもらうしかないという学校の警告に深く頭《こうべ》を垂れた。

何日かして、僕とゴニはピザ屋で向かい合って座っていた。ゴニの目は、もう怒りに燃えてはいなかった。横にユン教授が座っていたからかもしれない。後になって聞いたことだけれど、事件を知った教授は、初めてゴニを鞭《むち》で打ったという。それでも、紳士としての体面を重んじるユン教授としては、つかんだコップを壁に投げつけて、息子のふくらはぎを鞭で何度か打つのがせいぜいだった。しかしそのことは、教授がずっと守ってきた〝知識人〟という自らのイメージに汚点となって残り、もともと折り合いの悪かった父子《おやこ》関係に、さらに溝ができた。

十数年ぶりに会った実の父親に鞭で打たれるのはどんな気分だろうか。お互いをよく知り、親しくもならないうちに。

シム博士によると、ユン教授は不器用な人だ。他人に迷惑をかけてはいけないということをずっと信条にしてきた彼は、突然戻ってきた血を分けた息子が、その信条に徹底的に反した行動ばかりしていることに耐えられなかった。ゴニを不憫《ふびん》に思う気持ちよりも、あれほど帰りを待っていた息子がこんな姿で自分の前に現れたことに対する怒りの方が大きかった。だから、戻ってきたばかりのゴニを鞭で打ち、周りの人たちには謝罪しまくることを選んだ。先生たちに謝罪し、生徒たちの前で謝罪し、そして僕に謝罪した。

ゴニと僕をピザ屋に向かい合って座らせて、一番高いメニューを頼んでくれたのも、謝罪の一つの形だった。ユン教授は、両手を膝《ひざ》の上に載せて、ゴニにしっかり聞けとでも言うように大きな声で、何度も同じ言葉を繰り返した。声は震え、目は僕をまっすぐ見ることができなかった。

「こんな目に遭わせて、本当にすまない。すべて僕のせいだ……」

僕は、ストローでコーラを少しずつ吸い込んだ。謝罪の言葉は、一向に終わりそうになかった。話が長くなるにつれて、ゴニの表情はこわばっていった。お腹がぐうぐう鳴り、目の前のピザは硬くなっていた。

「もういいです。僕はおじさんの謝罪を聞きに、ここに来たんじゃないですから。謝罪は彼がすることだと思うんです。それには僕たち二人だけにしてもらった方がいいと思います」

ユン教授が、驚いたように目をちょっと見開いた。ゴニも目をつり上げた。

「大丈夫なの？」

「はい。もしまた何か起こったら、連絡します」

ゴニがフンッとせせら笑った。ユン教授は何度か咳払いをして、のっそりと立ち上がった。

「ユンジェ、イスも本当に申し訳ないと思っているんだ」

「彼にも口があります、おじさん」

「そうだな。このピザ食べなさいね。何かあったら電話して」

「そうします」

彼は出て行く前に、ゴニの肩にずしりと手を載せた。ゴニは特に抵抗しなかったけれど、ユン教授が歩き出すと、その肩を手でパッパッと払った。

35

ブクブクとコーラが泡立った。ゴニがひっきりなしにストローでコーラに息を吹き込んでいるのだ。視線は窓の方に向いていた。窓の外には、ときどき車が通るだけで、特に変わった風景と言えるものはない。窓枠のすぐ前には、銀色に輝くステンレスのコショウ入れが置いてあった。丸みを帯びたコショウ入れは、広角レンズのように周囲を映している。その真ん中に僕の顔が見える。顔じゅうかさぶたに覆われ、あちこちにまだあざが残っているのが、まるで試合で負けたボクサーみたいだ。ゴニはコショウ入れに映った僕の顔を見ていた。コショウ入れの中で僕たちの目が合った。

「ざまあみろ」

「おかげさまで、こんなことになっちゃったよ」

「俺が謝るとでも思ってるのか」

「別にどっちでも構わないよ」

「じゃあ、なんで二人きりにしてくれなんて言ったんだよ」

「君のお父さんの話があんまり長いから。ちょっと静かになりたかったんだ」

僕の言葉に、ゴニが軽く鼻を鳴らした。そうやって漏れ出す笑いを隠そうとしているようだった。

「お父さんにぶたれたんだって？」

話すことがなくて、思いつくままに話を切り出した。切り出すのに適切な話題ではなかったのか、ゴニの瞳孔《どうこう》がカッと大きくなった。

「誰がそんなこと言った？」

「君のお父さんから直接聞いたよ」

「黙れ、この野郎。俺には父さんなんていたことねえよ」

「そんなこと言ったって、父さんが父さんじゃなくなるわけじゃないのに」

「死にたいのか。黙れって言ってるだろう、この野郎」

ゴニがコショウ入れを乱暴につかみ取った。指先にものすごく力が入って、爪が白くなっている。

「なに？　ここでまた騒ぎでも起こすの？」

「悪いか」

「いや、ただ知りたいから聞いたんだ。前もってわかれば、僕も準備できるしね」

ゴニは、諦《あきら》めたように自分のコーラを手元に引き寄せた。コーラがまた泡立った。僕もゴニを真似《まね》てコーラに息を吹き込んだ。ゴニがピザを一切れ取って口に放り込むと、もぐもぐ四回噛んでのみ込んだ。そして、小さくカーッと喉を鳴らした。僕もその通りに真似した。もぐもぐ四回噛んでのみ込む。そして、カーッ。

ゴニが僕を睨みつけた。ようやく僕が彼の真似をしていることに気付いたようだ。

「頭おかしいんじゃねえか」

ゴニがつぶやき、

「頭おかしいんじゃねえか」

僕はまったく同じように真似た。今度は、ゴニが唇をあっちこっちへピクピク動かす。僕も、同じく唇をピクピク動かす。その後もゴニは、わざと変な表情をしたり、ピザ、うんこ、くそったれ、死んじまえなどと、思いついた言葉をぶつぶつつぶやき、そのたびに僕はオウムかものまね芸人になったみたいに、まったく同じように真似た。ゴニが息を吸ったり吐いたりする回数まで、まったく同じように。

妙な真似ごっこが続くと、ゴニは次第に疲れてきたようだった。真剣な顔つきになって、もっと難しい表情や動作をしようとあれこれ考えるようになった。僕はそんなことはお構いなしに、ゴニが唇の間から小さくプププと音を出したり、微妙に顔をしかめるのまで、そっくりそのまま真似し続けた。僕のしつこい行動は、ゴニの創造的思考を妨害しているようだった。

「もうやめようぜ」

でも僕はやめなかった。

「もうやめようぜ」

と同じように言っただけだ。

「やめようって言ってんだろ、この野郎」

「やめようって言ってんだろ、この野郎」

「何が面白いんだ、この出来損ないが」

「何が面白いんだ、この出来損ないが」

ゴニは話すのをやめて、指でテーブルをトントン叩き始めた。僕が真似すると、すぐに動作を止めた。沈黙。何も言わずに僕を睨みつける。十秒、二十秒、一分。今度は少し姿勢を正し、僕もそうした。

「俺がさ」

「俺がさ」

「ここでテーブルをひっくり返して皿を全部割っても、まったく同じように真似できるか?」

「ここでテーブルをひっくり返して皿を全部割っても、まったく同じように真似できるか?」

「その割れた皿でここにいる奴らをみんな刺し殺しても、おまえは同じことができるのかって言ってんだ、こん畜生」

「その割れた皿でここにいる奴らをみんな刺し殺しても、おまえは同じことができるのかって言ってんだ、こん畜生」

「よし」

「よし」

「よく覚えとけよ。これはおまえが始めたことだからな」

「よく覚えとけよ。これはおまえが始めたことだからな」

「ここでやめたら、おまえは男じゃねえぞ、わかったか」

「ここでやめたら、おまえは男じゃ……」

僕が言い終わらないうちに、ゴニがテーブルの上の食べ物を腕で払いのけた。そしてテーブルをどんどん叩いて周囲の客たちに向かって罵声を浴びせた。

「おい、おまえら、うまいか。うまいのかって聞いてんだよ。豚野郎ども、思う存分食いやがれ」

ゴニは前に置かれたピザやソースの瓶をつかんで四方に投げ飛ばした。向かいのテーブルの女性の足もとにピザが落ち、飛び散ったソースが小さな子どもの頭に降りかかった。

「なんで真似しないんだ、出来損ない、なんで真似しないんだ」

ゴニはぜいぜい息を切らしながら僕を見た。

「おまえが先に始めたんだろ。どうして真似しないんだよ！」

店員が駆け付け、お客様おやめください、などと言ったけれど、ゴニを制止することはできなかった。ゴニは今にも店員に殴りかからんばかりに腕を振り上げた。客の何人かがスマートフォンで写真を撮り、近くにいた店員がどこかに電話をした。

「真似してみろよ、こん畜生」

ゴニが再び叫んだ時には、僕はもう、店を抜け出していた。約束通り、ユン教授に電話をかけた。電話がつながった音もしないうちに、ユン教授が現れた。何か起こるかもしれないと思って、近くをうろうろしていたようだ。教授がピザ屋のドアを開けて入っていった。僕は窓越しに、大騒ぎになっている店の中を眺めた。ユン教授の後ろ姿が震えているのを、その大きな手がゴニの顔を叩いて叩いて、また叩くのを。そしてゴニの頭が、彼の両手につかまれて前後に揺すられる光景を。そこまで見て、帰ることにした。あまり目にしたくない場面だった。

ピザをほとんど食べられなかったので、腹ペコだった。地下鉄の駅の近くにある軽食屋でうどんを一杯食べて、母さんに会いに行った。母さんは、いつものように静かに眠っていた。小便の管《くだ》の先が尿瓶《しびん》から外れて、ベッドの下にぶら下がっていた。そこから黄色いおしっこがポタポタと床に垂れ落ちていた。僕は看護師を呼んで、始末を頼んだ。母さんの顔が脂《あぶら》ぎっていた。鏡を見たらさぞびっくりするだろう。化粧水をコットンに付けて顔をぬぐい、乳液をぴちゃぴちゃぬってあげた。

病院の玄関を出て、家まで歩いた。とても静かな夕方だった。僕は本を一冊取り出した。高校を退学になった十六歳の少年が、土曜日の夜、寄宿舎を抜け出して週明けに家に戻るまでのちょっとした〝休暇〟の間にあったことを、話して聞かせてくれる本だ。その子は、ライ麦畑で子どもたちを守る番人になりたいと言う。最後はその子が雨に打たれながら、メリーゴーラウンドに乗ってぐるぐる回り続ける、青いコートを着た妹フィービーを見守っているところで終わる。その思いがけない結末がなぜか気に入って、もう何度も読んだ本だった。

本を見ていると、開いたページの上にときどきゴニの顔が浮かんできた。お父さんに長い髪をつかまれたその顔が。でもその表情が何を意味しているのか、僕にはわからなかった。

寝る直前に、ユン教授から電話があった。話は何度も途切れ、沈黙とため息を繰り返した。ユン教授の用件は、僕の治療費はすべて出すということと、二度とゴニを僕に近づかせないということだった。

36

「救うことのできない人間なんていない。救おうとする努力をやめてしまう人たちがいるだけだ」。元死刑囚のアメリカの作家P・J・ノーランの言葉[8]だ。ノーランは、自分の義理の娘を殺害した容疑で死刑を言い渡された。彼は自分の潔白を主張して、獄中で自伝的エッセイを書いた。後に本はベストセラーになったけれど、ノーランがそれを知ることはなかった。死刑は予定通り執行されたのだ。

死んでから十七年経った後、真犯人が自白して、ノーランの潔白が明らかになった。娘に悪事を働いたのは、隣の家の住人だった。

P・J・ノーランの死は、いろいろな意味で話題になった。娘に関してだけは潔白だったけれど、彼にはそれまでに暴力、窃盗《せっとう》、殺人未遂などの重い前科があった。多くの人は、彼を時限爆弾だと噂した。たとえ無罪の判決を受けていたとしても、いつかはひどいことをやらかしていたにちがいないというのだ。とにかく、世間がもう死んでしまった男を好きなだけバッシングしている間に、ノーランの本は飛ぶように売れた。

本の大部分は、不遇だった幼い時代と、怒りに満ちた若い時代を赤裸々《せきらら》に描き出している。人にナイフを突き刺したり強姦《ごうかん》したりしたとき、どんな気持ちだったのか、どんな方法でやったのかがすごく詳細に書かれていて、一部の州では禁書にも指定された。彼は、まるで食べ物を分類して冷蔵庫に入れたり、書類をなくさないようにファイルに整理する方法を説明するかのように、犯行の過程を淡々と描写した。救うことのできない人間なんていない。救おうとする努力をやめてしまう人たちがいるだけだ……。彼は、どんな意味でそう書いたのだろう。助けてくれというシグナルだったのだろうか、それとも深い恨みだったのだろうか。

母さんとばあちゃんにハンマーとナイフを振り回した男は、そしてゴニも、ノーランと似ているのだろうか。それともノーランに近いのは、むしろ僕の方なのだろうか。

僕は、世の中をもう少し理解したいと思った。そういう意味で、僕にはゴニが必要だった。

37

シム博士は、ほかの人だったら飛び上がってしまうような話をしても、いつも冷静だった。ゴニとの間にあった出来事を打ち明けたときもそうだった。僕が自分のことを長々と説明したのも、その日が初めてだった。生まれつき小さい扁桃体《へんとうたい》、覚醒《かくせい》水準の低い大脳皮質、母さんから受けた教育について。シム博士は、話を聞かせてくれてありがとうと言った。

「ゴニに殴られたとき、君は怖くなかったんだな。でもそれは勇敢だという意味じゃないってことはわかってるね。いいか、もしまたこんなことが起こったら、絶対にじっとしてちゃだめだ。これは保護者としての私の責任でもあるんだ。とにかく、君はひとまず逃げるべきだった」

その通りだと思った。それは母さんにずっと教わってきたことだった。でも監督がいないと、たいてい選手はだらけてしまう。僕の脳も、たがが外れて遊んでいたのだ。

「もちろん、人に対して好奇心を持つのは、歓迎すべきことだ。私の個人的な意見としては、君の好奇心の対象があの子だっていうのはあんまり喜ばしいことではないが」

「普通だったら、ゴニと付き合うな、と言いますよね？」

「たぶんね。君のお母さんだったら、まず間違いなくそう言っただろうな」

「彼のことをもっと知りたいと思うんです。それは悪いことですか？」

「あの子と親しくなりたいってことか？」

「親しくなるって、具体的にどういうことですか？」

「例えば、こうやって君と私が向かい合って座って、しゃべってるみたいなこと。一緒に何か食べたり、考えを共有すること。金のやり取りなしにお互いのために時間を使うこと。そういうのを親しいって言うんだ」

「知りませんでした、僕がおじさんと親しいって」

「ハハ、違うって言わないでくれよ。まあ、陳腐な表現だけど、出会うべき人には出会うっていうからな。あの子が君とそんな関係になるかどうかは、時間が教えてくれるだろう」

「おじさんはなんでゴニと付き合うなと言わないのか、聞いてもいいですか?」

「私は、人を安易に決めてかからないようにしてるんだ。人はみんな違うから。君たちの年頃には特にね」

シム博士は、もともと大学病院の心臓外科医だった。手術の経験も豊富で、そのほとんどを成功させていた。ところが博士が他人の心臓を診《み》るのに夢中で家庭を顧《かえり》みないでいる間に、妻の心にはぽっかり穴が開いてしまった。妻は話をしなくなったが、それでもやっぱり博士が妻に目を向けることはなかった。ある日、彼らはずっと延び延びになっていた旅行に出かけた。青い海に臨む、絶海の孤島にあるリゾート地だった。博士は、透明なワインを飲んで、夕日を眺めた。頭の中は、帰ったらやるべきことでいっぱいだった。海に陽が沈むのを眺めながら、博士はうとうとし始めた。そのとき、喘《あえ》ぐ声で博士は目を覚ました。妻が目を大きく見開いたまま胸をかきむしっていた。妻の心臓を動かしている電気信号がエラーを起こしたのだ。突然、脈拍が一分間に五百回に達した。すべては一瞬の間に起こり、博士は、泣きながら妻の手をつかんで、大丈夫だ、もうちょっとの辛抱だと声をかけることしかできなかった。

荒れ狂っていた妻の心臓が、突然止まった。ＡＥＤもなく、「コードブルー！」と叫べば駆け付けるような人もいなかった。博士は、何の知識も経験もない素人《しろうと》のように、蘇生《そせい》の見込みのない胸にただひたすら心臓マッサージをし続けた。ようやく救急車が到着した時には、妻の体はとっくに冷たく、硬くなっていた。そうして妻は、彼のもとから永遠に消え、それ以降、博士がメスを握ることはなかった。自分が妻をどれほど愛していたのか、それなのにどうして妻を救ってやることができなかったのかばかりを考えていた。もう誰かの体にメスを入れて、その中で脈打つ心臓を見る自信がなかった。

二人の間には、子どもがいなかった。だから彼は一人だった。妻のことを考えると、香ばしいパンの匂いが思い出された。妻はいつも彼のためにパンを焼き、その味は何か懐かしいものを思い起こさせた。忘れていた幼い頃や、うまく説明できない小さな記憶のワンシーンなどを。忙しい朝にも、食卓にはいつも香ばしくてホカホカのパンが並んでいた。博士は、パン作りを習い始めた。それが、彼が妻のためにできる唯一のことだと思ったからだ。論理的にはおかしなことだ。もうパンを食べる妻はいなくなったというのに、何の意味があるのか。

僕は知らなかったけれど、博士と母さんはたくさん話をしていた。店子《たなこ》からお得意さんになった母さんは、博士とあれこれおしゃべりをした。誰にも僕のことを打ち明けない母さんが博士に一番よく言っていたのは、もしも自分に何かあったときは、僕が成人するまでどうか助けてやってほしい、というお願いだった。母さんはいつも、僕がほかの人と違っていることを秘密にするのに全力を注いでいた。僕について、そして自分の人生について誰かに告白する母さんは、僕の知らない母さんだった。母さんにそういう人がいて、本当に良かった。

38

ばあちゃんの言葉を借りるなら、本屋は何千、何万という作家たちが、生きている人も死んだ人も一緒になって押し合いへし合いしている、すごく人口密度の高い所だ。でも本は静かだ。手に取って開くまでは、まるで死んでるみたいに黙りこくっている。そして、開いた瞬間から話し始めるのだ。ゆっくりと、ちょうど僕が望む分だけ。

人の気配がしたと思ったら、襟《えり》を立てて顔を隠した小柄な少年がこそっと本棚の後ろに消えた。ちらっと頭の星形のはげが目に入った。少しすると、カウンターに成人雑誌が一冊ドンと投げ出された。ライオンのたてがみのようにウェーブした金髪の女性が、はち切れんばかりの胸を革のジャケットでかろうじて覆って、オートバイにまたがっている。ロをうっすら開け、背中を思い切り後ろにそらして。

「こんなのマジで飽き飽きしてんだけどよ。しょうがねえから、骨董品《こっとうひん》を集めると思って一冊買ってやる。いくらだ？」

ゴニだった。

「二万ウォン。君の言う通り、骨董品だから安くはないんだ」

ゴニはぶつぶつ言いながら、ポケットを探って紙幣と硬貨をまぜて投げつけるように置いた。

「おまえさ」

そう言ってカウンターに肘《ひじ》をつき、そこに顎《あご》を載せて、僕をじろじろ見上げた。

「ロボットなんだってて？　何も感じられないんだってな、おまえ」

「全然感じられないわけじゃないよ」

ゴニが匂いを嗅ぐように鼻を二、三回くんくん鳴らした。

「おまえのこと調べたよ。正確に言うと、おまえのいかれた頭のことをさ」

ゴニが指で自分の頭をトントンと叩いた。よく熟《う》れたスイカを叩いたときみたいな音がした。

「それでわかったよ。どうりでちょっとおかしいと思ったんだ。なんか俺、無駄なことやってたみたいだな」

「君が店に来たら電話してくれって、君のお父さんが言ってた」

「そんな必要ない」

ゴニの目がギラッと光った。

「電話しなきゃ。約束したから」

受話器を取ると、耳に当てる前に叩き落とされた。

「聞こえないのか、この野郎。するなってば。手は出さないから」

今度は、ゴニは店の中を歩き回り始めた。本を物色しているかと思ったら、突然、離れたところから声を張り上げた。

「殴られたとき、痛かったか？」

「ロボットでも、まったく感じないわけじゃないんだな」

「うん……」

口を開いたけれど、すぐには言葉が出て来なかった。僕がほかの人とどう違うのかを説明するのは、いつも難しかった。特に、どう言ったらわかってもらえるかアドバイスしてくれる母さんがいなくなってからは、なおさらだ。

「例えば、寒いとか、暑いとか、お腹が空いたとか、痛いとか、そういうのは僕も感じるんだ。じゃないと生きていけないからね」

「それだけか？」

「くすぐったいのも感じるかな」

「くすぐったら笑う？」

「たぶんね。そんないたずらは小さい頃以来されてないから、はっきりとはわからないけど」

僕の言葉に、ゴニが空気の抜けるような音を出した。いつの間にか、カウンターの前に来ていた。

「ひとつ聞いてもいいか？」

「痛かったよ」

僕は肩をすくめた。ゴニは僕からちょっと視線をそらした。

「おまえのばあちゃん、殺されたって聞いたけど。ほんとか?」

「うん」

「母さんは植物状態なんだってな」

「そういう言い方もできるかな」

「おまえの目の前で頭のいかれた奴にナイフで刺されたんだって?」

「そうだよ」

「その時おまえは、ただ見てるだけだったらしいな」

「結果的には、そういうことになるね」

ゴニがぱっと顔を上げた。眼光が揺れていた。

「マジで頭のおかしい奴だ。ばあちゃんと母さんが目の前で殺されようとしてるのに、見てるだけかよ。そんな野郎は、その場でひっ捕まえてボコボコにしてやんなきゃ」

「そんな暇《ひま》もなかったよ。その人もすぐに死んじゃったから」

「らしいな。でも、もしそいつが生きてたとしたって、おまえは何もできなかっただろうさ。おまえは何も止められなかったんだ、この臆病者が」

「そうかもね」

僕の反応に、ゴニが何度も頭を左右に振った。

「俺がこんな話をしても、気分悪くもならないのか？　なんで表情が全然変わんないんだ。思い出さないのか？　ばあちゃんと母さんを思い出さないのかよ？」

「いつもいつも思い出してるよ。いろんなことを」

「夜だって眠れるのかよ？　学校もよく平気な顔して行けるな。ちくしょう、自分の家族が目の前で殺されたっていうのに」

「まあ、普通に暮らしてるよ。ほかの人だって、僕より時間はかかるのかもしれないけど、そのうちに普通に食べたり寝たりするようになると思うよ。人は、生きていくようにできてるんだから」

「ずいぶんご立派なことだな。俺だったら、毎晩ムカついて、悔しくて、夜も眠れないね。ホント言うと、この話を聞いただけで、何日か眠れなかったよ。俺だったらその野郎をこの手でぶっ殺してたよ」

「ごめんね。僕のせいで眠れなくさせて」

「ごめんだと？　ばあちゃんが死んでも、涙ひとつ流さなかったのに、俺にごめんなんて言葉は言えるんだ。めちゃくちゃ薄情な奴だな」

「そうか、わかったぞ。ごめんって言葉は、こんなときはそう言えって教えられたからうまく言えるだけなんだ」

ゴニが舌打ちをした。

「まったくわかんねえや、おまえって奴は」

「みんな口には出さないけど、そう思ってるんだと思うよ。母さんがそう言ってた」

「出来損ないが……」

そこまで言って、ゴニは口を閉じた。しばらく沈黙が流れた。その間、僕はゴニとの会話を思い返していた。今度は僕が話を切り出した。

「ところで君は、使う言葉が本当に限られてるみたいだね」

「何だと?」

「悪口がほとんどで、その悪口も代わり映《ば》えしないし。語彙《ごい》が少ないようだから、本を読むといいと思うよ。そうすれば、人ともっといろんな話ができるようになるんじゃないかな」

「ロボットのくせにお説教かよ」

ゴニが、ハ、とそら笑いをした。

「読ませてもらうよ。退屈になったらまた来るよ」

ゴニは自分の選んだ本を持ってドアの外に出た。本を持つ手を振ると、オートバイにまたがった女性の胸がうねった。ドアが閉まる前に、ゴニが振り返った。

「あ、それから、父さんとかいう奴に電話する必要ないからな。これから家に帰るから」

「そう。嘘じゃなければいいけど。君が嘘をついても、僕にはわからないんだ」

「マジで先生みたいだな。帰るったら帰るんだよ」

バタンと音を立ててドアが閉まった。ひと塊《かたまり》の外気が、店の中に押されて入ってきた。かすかに夏の匂いが感じられる空気だった。

39

ユン教授が店に十分な弁償をしたからか、ピザ屋での騒動は学校には通報されなかったようだ。その出来事は、生徒たちの間の噂として広まっただけだった。そしてしばらくの間、何か起こるかもしれないというような張りつめた空気が漂った。でも何日かすると、そんな事件はもう起こらないだろうと、みんな思うようになった。ゴニは、一日中頭を深く垂れて誰とも目を合わせなかった。ゴニに付き従っていた二人の子も、もうほかのグループの仲間になってゴニのそばには寄り付かなかった。ゴニは、隅っこの方で一人で給食を食べ、誰かを睨みつける代わりに机に突っ伏して寝た。彼が、ひと頃は問題の生徒だったけれど今では特に目立たない子と認識されるようになるのに、あまり時間はかからなかった。

ゴニが話題から消えるとともに、僕への関心も次第に薄れていった。もっと目新しいことや面白そうなことに、みんなの関心は絶えず移り変わった。ある子が地上波テレビのオーディション番組の本選に出場することになって、連日その子の話題でもちきりだった。

公式的には、つまり生徒たちの社会で通用している常識で言えば、僕とゴニは〝敵〟同士だった。これまでに起こったことを考えれば、当然のことだ。だから、申し合わせたわけではないけれど、学校ではゴニと僕は互いに知らんぷりをした。会話を交わすことも、目を合わすこともなかった。僕たちは、黒板消しやチョークと同じように、ただ学校を構成する多くのもののうちの一つでしかなかった。学校という社会の中では、誰だって本当の自分ではいられず、与えられた役割を演じるだけの小さなパーツでしかないのだ。

40

「ちくしょう、マジで芸術的だよ。全部隠してあって、何にも見えやしない」

前回買っていった雑誌をカウンターの上にどさっと置いて、ゴニはぶつぶつ文句を言った。口調や行動はあまり変わらなかったけれど、以前より少し大人しくなっているようだった。本を投げつけないでカウンターに置いたし、声のデシベルも低くなっている。反対に、小さくすぼめていた肩は前回よりも少し開いていた。

どういうわけか、僕は自分の意思とは無関係に、ゴニの訪問——あるいは襲撃と言ってもいいかもしれない——をしょっちゅう受けた。ほとんど毎日、夕方になると彼は店にやってきた。滞在する時間はまちまちだった。一言、二言、意味のない言葉を投げかけるだけでさっと出て行くこともあったし、静かに本を読んだり、缶のドリンクをちびちび飲んでいることもあった。もしかしたら、僕が何も声をかけないのがかえって居心地が良くて、頻繁《ひんぱん》に出入りするようになったのかもしれない。

「気に入らなかったみたいで残念だよ。でも、返品はできないことになってるんだ。本に破損がある場合は別だけど。買ってからこんなに経った場合は、なおさらだよ」

ゴニが大きくふん、と声を出した。

「誰が返品したいっつった。家に置いとくのもなんだから、また持ってきただけだ。レンタル料を払ったと思うことにするさ」

「それなりに古典なんだ。マニアもいると思うよ」

「俺、古典読んだのか。読書リストに入れとかなきゃな」

自分の言葉がおかしかったのか、ゴニがクスッと笑った。でも僕が一緒に笑わないので、すぐに真顔に戻って表情を消した。そういう言葉に笑い返してあげるのは、僕にとって難しいことの一つだ。無理に笑おうとしても、口角を上げるのが精いっぱいだ。でも、作り笑いというのは、わざとらしくてむしろ相手をあざ笑っていると誤解されることがある。

小学校の頃から、無愛想で冷たい子と言われてきたのは、笑うということができなかったからだ。状況に応じて自然に笑うのは、社会生活を送るうえですごく大事なことだと強調していた母さんも、こんなときは笑うのよと何度説明しても僕にわからせることができず、音《ね》を上げていたくらいだったから。結局、母さんは諦めて別の方法を考えた。別のことをしているふりや、相手の言葉が聞こえなかったふりをしてみなさいと言った。それでも大抵は、反応するタイミングを逃して、しばらく沈黙があった後に、やっとそれらしいことを言うのが精いっぱいだった。今、ゴニの前ではその必要がないみたいだった。古典の話が続いていたから。

「一九九五年に出たものだから、雑誌としてはお爺《じい》さんだよ。苦労して手に入れたものなんだ。一般的にはそうは言われてないけど、本物の古典なのは間違いないよ」

「じゃあ、他におすすめの本を教えてくれよ。古典を」

「そっちの方の古典？」

「そう。おまえの言う本物の古典」

古典は秘密の場所に置くものだ。ゴニを隅っこの書架に案内した。一番奥にある、ほこりのたまった書架の片隅から、僕はその本を取り出した。大韓帝国末期に撮られたわいせつな写真集だった。両班《ヤンバン》[9]と妓生《キーセン》[10]が抱き合っていろいろな体位を見せている。大胆なアングルで撮られていて、かなり露骨だ。なかには性器が露出した写真もある。モノクロ写真なのと、韓服《ハンボク》を着ているのが今と違うだけ。

ゴニは隅っこの床にあぐらをかいて座り、本を受け取った。ページをめくったとたん、ゴニの口がぽかんと開いた。

「すげえ。俺たちの祖先に、こんな感心なところがあったのか」

「感心っていうのは、君より幼い子に対して使う言葉だよ。ホントに、君はもうちょっと活字を読んだ方がいいよ」

「うるせえ」

そう言いながら、ゴニはページをめくった。一枚一枚じっくり見て、規則的に唾をごくりと飲み込んだ。体がむずむずするのか、肩をすぼめ、あぐらをかいた脚も左右に揺らしている。

「いくらだ」

「高いよ、すごく。特別版だから。複写本だけど、持ってるだけで価値があるんだよ」

「こういうのを欲しいっていう人もいるのか」

「本物の古典がわかる人が欲しがるんだ。あまり数がないから、本当の収集家にしか売らないよ。だから君も、気を付けて読んでね」

ゴニは本をぱたっと閉じると、周囲の本を手当たり次第取り出しては眺め始めた。『ペントハウス』『ハスラー』『プレイボーイ』『サンデーソウル』。貴重で高価なものばかりだった。

「こういうのは誰が仕入れてきたんだ?」

「母さん」

「おまえの母さん、見る目あるな」

と言って、ゴニは付け加えた。

「褒《ほ》めてるんだ。商売上手だって」

41

その言葉は間違っていた。母さんは、商売上手とは程遠い人だった。僕に関すること以外は、母さんはただロマンと気分でほとんどのことを決める人で、古本屋を開いたこと自体がその証拠だった。店を始めた頃、母さんはどんな本を置けばいいか悩んでいた。特別なコンセプトが思い浮かばなかったようだ。それでよくある古本屋のように、技術書や学術書から受験参考書、児童書、それに一般の文芸書までいろんな本をバランスよく揃えることにした。そしてそのあと少しお金が余ると、母さんはその金で古本屋に小さなコーヒーマシンを置くと言った。本とかぐわしいコーヒーの香り。ぴったりだった、母さんの考えでは。

「コーヒーマシンなんてとんでもない」

鼻で笑ったのは、ばあちゃんだった。ばあちゃんは、短い言葉で母さんを憤慨させるのがすごく得意だった。母さんは、自分の高尚な趣味が馬鹿にされ、簡単に否定されたことに腹を立てた。でもばあちゃんは、そんなことにはお構いなしにぼそっと付け加えた。

「やらしい本でも入れときな」

母さんが口をぽかんと開けたまま、えぇっという声を出すと、ばあちゃんは今度は説得の特技を発揮した。

「金弘道《キムホンド》の絵も、春画《しゅんが》が一番素晴らしかったんだ。時が経てば、なんだって古典だよ。刺激的であればあるほど、価値のある古典になるんだ。そんな本から仕入れることだ」

そして、最初の言葉をもう一度繰り返して締めくくった。

「コーヒーマシンなんてとんでもない」

母さんは何日かさんざん悩んでいたけれど、ばあちゃんの提案を受け入れることにした。

母さんは、インターネットを使って、もういらなくなった雑誌を売りたいという人たちを探し回り、龍山《ヨンサン》駅で一人の男性と初めて直取引《じか》をした。量が多いので、僕とばあちゃんもついて行った。四十代後半に見える男性は、女性二人と少年という僕たちの組み合わせに目を丸くしていたけれど、母さんから金を受け取ると、ぴゅうっと姿を消した。雑誌は紐《ひも》で縛られていて、表紙が丸見えだった。帰りの地下鉄の中で人々は、僕たち三人と僕たちの前に置かれた雑誌の束にしきりに視線を向けていた。

「無理もないよ。素っ裸の女が紐で縛られてるんだから。まったく」

ばあちゃんが舌打ちすると、母さんが恨み言を言った。

「母さんが買えって言うから買ってきたのに、自分は関係ないって顔しないでよ！」

その後も何度か直取引がまとまり、その中にはゴニに見せたような希少本もあった。そうやって苦労してあちこち歩き回った末に、ばあちゃんの「古典コレクション」が完成した。

残念ながらこの件に関しては、ばあちゃんの眼識は当たっていなかった。ときどきそういう本を置いてあるコーナーで、おじさんたちが本をぱらぱらめくる姿を見ることはある。でも今は、母さんが二十代だった頃のように恥ずかしさに耐えて、エロビデオを買いにいかなければならないような時代ではなかった。秘めごとは、いろんな方法で家にいながら、誰にも知られずに解決できるようになった。二〇一〇年代後半に、古本屋に来てまでやらしい本を、それも女主人の前に差し出すのは、普通のことではないのだ。ある中古レコード店の社長がインテリアにと何冊か買っていったのを除いては、そちらの世界の古典はただの一冊も売れず、すぐに隅に追いやられた。ばらで堂々と買った人は、ゴニが初めてだった。

42

その日ゴニは、古典だからと弁解しながら、さらに何冊か本を買っていった。借りるのはだめなのかと聞くので、ここは本を売る所で、貸し出す所ではない、と僕は強調した。

「わかったよ、馬鹿野郎。どうせ読んだらまた返すんだ。家に置いとくのもなんだろ？」

口が悪いのは相変わらずだったけれど、確実に前よりも柔らかい口調だった。何日か経って、ゴニはまた本を持って戻ってきた。返してもらう必要はないと言っても、ゴニは、受け取れよこの野郎、と言って譲らなかった。

「昔のものだからかな。ちょっと大人しすぎて、俺の趣味じゃなかったよ」

これ以上言い争っても無駄なようなので、本を受け取った。本の途中のいくつかのページが切り取られてなくなっているのに気が付いた。真ん中だけが切り取られたページもあった。破られずに残った見出しが目に入った。ブルック・シールズ。後ろめたいのか、ゴニは僕を睨みつけた。

「この本は手に入れるのがすごく難しかったのに。全盛期のブルック・シールズが載ってる雑誌で、ページがちゃんと残ってるのはめったにないんだ」

「その女の写真、もっとないか」

「見せてあげようか」

カウンターにあるパソコンを立ち上げた。「ブルック・シールズ　全盛期」と打って画像検索をクリックした。ブルック・シールズが次々に出てきた。幼い頃から、若さの頂点に達した全盛期までの姿が。ゴニがしきりに感心した。

「どうやったら人がこんなふうになれるんだろうな」

口をだらしなく開けて、一枚一枚写真に見入っていたゴニが突然、くそっ、と声を出した。

「何だこの写真は」

「ブルック・シールズ　最近」というタイトルが付いた写真だった。五十を過ぎ、しわだらけの顔がモニターいっぱいに映し出されていた。若さはなくなっているけれど、若い頃の美貌《びぼう》がまったくないわけではなかった。でもゴニは、そうは思わないようだった。

「俺、今マジで衝撃受けた。イメージが完全に壊れちゃったよ。見なきゃよかった……」

「好きで変わったんじゃないんだから、そんなこと言わない方がいいよ。歳をとることから逃れられる人なんていないし、それに、生きていればいろんな経験もするわけだし」

「そんなこと誰でもわかってんだよ。おまえはなんで、言うことがいちいち年寄りくさいんだ」

「わかったよって言えばいいだけなのに」

「うるせえ。あーほんとに、なんでこんなに……なんでこんなふうに変わっちゃったんだ……。なんで見せたんだ、この野郎。みんなおまえのせいだ」

その日ゴニは、ブルック・シールズと僕に代わる代わる腹を立て、何も買わずにそのまま出て行った。

ところがそれから二日後、ゴニはまた現れた。

「あれからずっと考えてたんだけどさ」

「なにを?」

「俺、この何日かブルック・シールズの写真をずっと見てたんだよ。昔の写真じゃなくて、最近の顔」

「わざわざそれを言いに来たの?」

「最近おまえ、ちょっとふざけてるな。人をおちょくりやがって」

「そんなつもりはないけど、そう思わせたのならごめんね」

「とにかく、ブルック・シールズの写真を見てると、いろんなことを考えるんだよ」

「どんなこと？」

「運命と時間」

「君の口から出る言葉にしては、珍しいね」

「この野郎、普通に言えばいいことを、めっちゃ胸糞《むなくそ》悪く言ってないか？」

「そんなことないけど」

「おまえはいつもご立派だからな」

「ありがとう」

突然、ゴニが笑った。ハハハハハ。一息分に、ハが五つに分かれて入っている。ここで笑いが出るポイントはいったい何なんだろう。話題を変えた。

「チンパンジーやゴリラも笑うって、知ってる？」

「そんなことどうだっていいよ」

「じゃあ、人間の笑いと違う点は？」

「知るかよ。どうせ偉ぶりたいんだろ、もったいぶらないで言いたきゃ言えよ」

「人は、吐く息に笑う声を乗っけて続けて笑えるけど、類人猿は、吐く息ごとに一回ずつしか笑えないんだ。腹式呼吸するみたいに、ハ、ハ、ハ、ハ、って」

「腹筋が鍛《きた》えられるな」

ゴニがそう言ってまた笑った。今度は、ククク と。そして笑いを落ち着かせるように、息を一度吸って、長く吐いた。ふう。

何かが変わったようだった、少し前とは。何かが。

「で、運命と時間って、何の話？」

僕が聞いた。ゴニとはこういう会話が初めてで、ちょっとしっくりこない感じだったけれど、やめた方がいいとは思わなかった。

「うまく言葉が出て来ないんだけど……だからさ、ブルック・シールズは、若いとき知ってたのかな？　歳をとるってこと。今とはまるで違う見た目になっちゃうってこと。歳をとるとか、変わるとか、わかっててもあんまり想像できないじゃん。突然そんなことを思ったんだよ。ひょっとしたら、街を歩いてると時々見かける人たち、ほら、駅のコンコースで寝てたり、物乞《ものご》いをしてる人たち……そんな人たちも、若いときは全然違う姿だったかもしれないんだな、とか思ってさ」

「シッダールタも、君と同じようなことで悩んで、王宮を出たんだって」

「シッ……誰？　なんか聞いたことあるけど」

ここで、言葉に詰まった。やっとのことで、ゴニの神経を逆《さか》なでしないような返事を考えついた。

「そういう人がいるんだ、結構有名だよ」

「とにかく」

うまくいったのか、特に反応はなかった。ゴニが遠くを見た。声が低くなった。

「だから、おまえも俺もいつかは、俺たちが全然想像つかないような姿になるかもしれないぞ」

「そうだよ。どんなふうに変わるにしても、それが人生なんだから」

「せっかくいい感じで話が続いてたのに、またムカつくなあ。偉そうに言ってるけど、おまえも俺も、生きてきた回数は同じじゃないか」

「年数《ヘッス》だよ、回数《フェッス》じゃなくて」

ゴニが手を振り上げ、そして下ろした。この野郎、と言いながら。

「なんか、もうそういう昔の雑誌は見たくない。楽しくないんだ。美しいものがしおれていくのを想像しちゃうから。おまえみたいな野郎には、永久に理解するのは無理だろうけどな」

「ブルック・シールズに興味がなくなったんなら、他にも君におすすめの本があるよ」

「貸してみ」

ゴニが気の抜けた返事をした。僕は外国の作家が書いた『愛の技術』[11]を薦めた。タイトルを見たゴニは、妙な笑いを浮かべて帰っていった。何日も経たずにまたやって来て、こんな何の役にも立たねえ本読ませようとしやがって、と腹を立ててはいたけれど、それでもこの本を薦めたのはそれほど意味のないことではなかったと思う。

43

季節はいつしか、夏の入り口に差し掛かろうとしていた。五月にもなると、いろんなことに慣れてくる。新学期のぎこちなさも消える。人々は、季節の女王は五月だというけれど、僕の考えは少し違う。難しいのは、冬が春に変わることだ。凍った土がとけ、芽が出て、枯れていた枝に色とりどりの花が咲き始めること。本当に大変なのはそっちのほうだ。夏は、ただ春の動力をもらって前に何歩か進むだけで来るのだ。

だから僕は、五月は一年で一番要領がいい月だと思う。やったことに比して、あまりにも評価の高い月。世の中と僕が一番かけ離れていると思わされるのが五月でもある。世の中のすべてのものが動き、輝いている。僕と、横たわっている母さんだけが、永遠の一月のように固く、灰色だった。

店を開けるのは放課後だけだったので、当然、本屋の売り上げはなかなか上がらなかった。どんな商売も、やっていけなくなったらやめるもんだ、というばあちゃんの言葉を思い出した。毎日、本のほこりを払い、床の掃除もしていたけれど、二人のいなくなった空間はなぜか、どんどん古くなっていくような気がした。僕一人で、この空間をいつまで守っていけるのか。

書架の間を歩いていたとき、抱えていた本をどさっと落とした。その拍子に、めくれたページで指先が切れた。湿気の多い古本屋ではあまり起こることではない。たまたま百科事典の硬くて厚いページだったのが、不運だった。僕は血の滴が落ちるのをぼうっと眺めていた。赤い血が床に、ハンコのようにポツポツと付く。

「何してんだ、あほんだら。血が出てるじゃねえか」

ゴニだ。気付かないうちに入ってきて、いつの間にか近くに来て言う。

「痛くないのか？」

ゴニが目を丸くしている。すぐにティッシュを取って僕の手に握らせる。

「これくらい大丈夫だよ」

「ふざけるな。血が出れば痛いに決まってるだろ。ホント馬鹿か？」

ゴニが腹を立てた。思ったより深く切れたのか、ティッシュがたちまち真っ赤に染まった。ゴニは新しいティッシュを巻いてくれて、その上から僕の指を握った。ぎゅっとつかまれた指で、脈がドクドク打っていた。しばらくそうしていると、血が止まった。

ゴニが声を荒らげた。

「自分の体を守ることもできねえのか？」

「痛いことは痛いけど、我慢できるから」

「血がだらだら流れてるのに、我慢できるって？　おまえマジでロボットかよ。……そうか、そういうことなんだな。そうやって、自分の痛さにもちゃんと向き合わない奴だから、ばあちゃんと母さんが目の前であんな目に遭ってるのに、ぼやっとつっ立ってたんだよ。きっと痛いだろうとか、何とかして止めなきゃって思いもしなかったんだ。腹も立てないでさ。どんなに大変なことが起こってるのか、わからないからなんだ」

「うん。お医者さんもそう言ってたよ。それは生まれつきだって」

サイコパス。小学校の頃から、みんなが僕をからかうときに使った代表的な単語だ。母さんとばあちゃんはカンカンに怒ったけれど、実は僕はその言葉にある程度同意していた。僕は本当にそうなのかもしれない。もし誰かに怪我《けが》をさせたり死なせてしまったりしても、きっと罪の意識に苦しんだりパニックになったりしないだろう。そう生まれついたから。

「生まれつき？　その言葉、俺は一番ムカつくんだよ」

　ゴニが言った。

44

　何日かして、ゴニは透明なプラスチックの箱を持ってきた。どこで手に入れたのか、中には蝶《ちょう》が一匹入っていた。箱が小さすぎて、羽ばたこうとする蝶の羽がぶつかる鈍《にぶ》い音がしていた。

「これは何？」

「共感教育」

　ゴニの顔に笑いはなかった。ふざけているわけではないのだ。ゴニはそっと箱に手を入れて、蝶をつかんだ。蝶は、その花びらのような薄い羽をつかまれて、力なくもがいている。

「蝶はどんな気持ちだと思う？」

　ゴニが聞いた。

「自由に動きたいと思ってるよ、きっと」

蝶を取り出したゴニは、両方の手で羽を片方ずつつかんで、少しずつ横に引っ張り始めた。蝶は触角をあっちこっちに揺らし、胴体をじたばたさせた。

「僕に何かを感じさせようとしてるんなら、やめなよ」

「どうして」

「蝶はきっと痛がってるよ」

「おまえが痛いわけでもないのに、どうしてわかる？」

「腕を引っぱられたら痛いから。経験でわかるよ」

ゴニはやめなかった。蝶のもがきが激しくなった。ゴニは羽をつかんだまま、視線は別のところに向けていた。

「きっと痛がってる？　それだけじゃあ、だめだ」

「じゃあ何を思えばいいの？」

「例えば、おまえ自身も痛い思いをしてるような気がしなきゃ」

「どうして僕が痛いの？　僕は蝶じゃないのに」

「よし。続けるぞ。おまえが何かを感じるまで」

ゴニが羽をさらに引っ張る。相変わらず蝶から視線をそらしている。

「やめろって言ってるだろ。生き物にいたずらするのは良くないよ」

「教科書みたいなことばっか言ってんじゃねえ。言っただろ。おまえがホントに何かを感じたら、放してやるって」

その瞬間、蝶の羽が片方ちぎれた。ゴニが、蝶から手を離して、大きく息を吐いた。片方の羽を失くした蝶は、残された羽を虚《むな》しく動かして、カウンターの上でくるくる回っている。

「かわいそうって気持ちにならないのか？」

ゴニが息をはあはあさせながら聞いた。

「苦しがってるように見える」

「苦しがってるように見える、じゃなくて、か・わ・い・そ・う、だと思わないのかって言ってんだよ、くそっ」

「やめよう」

「やめねえよ」

ゴニは、こうなったらしょうがないとでもいうように、ポケットから何か取り出した。針だった。彼は、くるくる回っている蝶に針を当てた。

「何するんだ」

「よく見てろ」

「やめろ」

「よく見てろよ。じゃないとそこら中めちゃめちゃにしてやるからな。わかったか？」

僕は店がめちゃめちゃになることを望んでいなかったし、ゴニならばやりかねないということを知っていた。ゴニは、まるで儀式を執《と》り行う祭司長にでもなったように、蝶を見据えた。次の瞬間、蝶の胴体に針が刺さった。蝶は音もなく足掻《あが》いた。自分にできる最大限、バタバタと、必死に。

ゴニは僕を鋭く睨みつけると歯を食いしばって、蝶の残ったもう一方の羽までもぎ取った。表情が変わったのは、僕ではなくてゴニの方だった。眉が目に見えてピクピクし始め、さっきまであざ笑うように上に向いていた唇を、歯でぐっと嚙みしめていた。

「どうだ。今度はちょっとは気持ちが動いたか？　やっぱり苦しがってるように見えるだけか。それが、おまえが感じるすべてなのかよ」

ゴニの声はかすれていた。

「今は、痛いだろうなと思うよ、すごく。でも、苦しがってるように見えるのは君の方だよ」

「ああ、俺はこういうの好きじゃないんだ。かっとなって殴ったり殺したりする方がはるかにましだよ。こんなふうにちょっとずつ、じりじりと拷問《ごうもん》するみたいなのはすごく嫌なんだ」

「じゃあなんでやるの？　どっちみち僕は、君が望むものを見せてあげることはできないよ」

「黙れ、出来損ない」

いつの間にか、ゴニの顔が歪《ゆが》んでいた。焼却炉の前で僕を蹴飛ばした、あの日に戻ったようだった。ゴニは、蝶にさらに何かしようとしたけれど、できなかった。羽もなく体に針が刺さったままぐるぐると回る蝶は、もう蝶とは到底呼ぶことができなかった。その虫は、体全体で苦痛を表現していた。変わり果てた姿で何とか動こうと死力を尽くしていた。やめろと訴えているのか、最後まで生きたいからなのか。ただ本能なのだろう。感情ではない、感覚が呼び起こす本能。

「くそっ、やってらんねえや」

どん。どん。どん。ゴニは、蝶を床に投げ、何度か踏みつけたあと、すり潰《つぶ》すように力いっぱい足をねじった。

蝶がいたところには、小さな点のような跡が残った。僕は、蝶が安らかに眠ってくれることを心から願った。そして、蝶が苦しい目に遭うのを止められたらよかったのにと思った。

45

その日あったことはにらめっこみたいなものだったんだと思う。単純なゲーム。先に目を閉じた方が負けというだけの。そういうゲームで、僕はいつも勝者だ。みんな目を閉じまいと躍起《やっき》になるけれど、僕は元から目を閉じることを知らないのだから。

ゴニが僕の前に現れない時間が長くなっていた。蝶にあんなことをしたあと、ゴニはどうして腹を立てたのだろう。僕が反応しないから？　自分を止めてくれないから？　それとも、結局蝶を殺してしまった自分に腹が立ったから？　そんな質問ができる相手は、一人しかいなかった。

シム博士は、僕の質問にいつも誠心誠意答えようとしてくれた。ゴニと僕の特別な関係を何の予断もなく聞いてくれるのは、博士だけだった。

「これからもずっと、今までと同じように生きていくことになるんでしょうか？　何も感じられないまま」

口の中のうどんをのみ込んで聞いた。シム博士はときどきご飯をおごってくれたが、麺のことが多かった。パンを別にすれば麺類が好物のようだった。博士はぼりぼり噛んでいたたくあんを食べ終えると、口を拭った。

「難しい質問だな……。一つ言えるのは、君からこういう質問が出てくること自体が、すでにすごい変化だってことだよ。だから私としては、これからも努力を続けなさいって言いたいな」

「どんな努力をしたらいいんでしょうか？　僕の頭が何かを感じられるようになるには。母さんに言われて毎日アーモンドを食べてたんですけど、意味があったとは思えません」

「うーん、そうだなあ、アーモンドを食べる代わりに、脳に刺激を与えてやれば、少しは効果があるかもしれないな。脳ってやつは、意外と馬鹿なんだよ」

扁桃体が小さく生まれついたとしても、とにかく偽物でもいいから〝感情〟をどんどん意識するようにすることだ。そうすれば、脳がそれを本当の感情だと認識するようになるかもしれない、というのがシム博士の話だった。そうなれば扁桃体の大きさにも、その働きを活性化させるのにも良い影響があるかもしれないし、ひょっとしたら、少しはほかの人の感情を読めるようになるかもしれない、と。

「この十六年間びくともしなかった頭が、いまさら変わるんでしょうか？」

「例えばだよ。スケートの素質がまったくない人が、百日練習したからって最高のスケーターにはなれないだろう。生まれついての音痴が、オペラのアリアを見事に歌って聴衆の喝采《かっさい》を受けるのも、不可能だろう。でも練習をすればだ、少なくともふらつきながら氷の上をちょっと滑《すべ》ることくらいは、あるいは下手だけど歌を一小節歌うことくらいはできるようになるんだよ。それがつまり、練習、努力がもたらしてくれる奇跡ということだ。一方では、限界ってことでもあるんだけどね」

ゆっくりと首を縦に振った。頭ではわかったけれど、腑《ふ》にまでは落ちなかった。果たして僕にも当てはまることなんだろうか。

「感じられるようになりたいって思うようになったのは、いつからなんだ？」

「この間からです」

「何かきっかけや理由があったのか？」

「そうですね。みんなが観た映画を、僕だけ観てないみたいな気がしてきたんです。観ないでも暮らしていけますけど、観た方がほかの人たちと話す話題が少しは増えると思うんです」

「驚くべき成長だな。今の君の言葉には、他人とコミュニケーションしたいっていう意思がこもってるよ」

「思春期ってことなんでしょう」

シム博士が笑った。

「どうせなら、楽しくて綺麗《きれい》なもので練習しなさい。君は、白紙と同じようなもんだ。悪いものじゃなくて、いいものをいっぱい詰め込む方がいい」

「やってみます。どうやったらいいのかよくわからないんですけど、じっとしてるよりはいいですよね」

「知らなかった感情を理解できるようになるのは、必ずしもいいことばっかりじゃないと思う。感情ってのは、本当に皮肉なものなんだ。世の中が、君が思っていたのとはまったく違って見えるだろう。周りにある取るに足らないものを、自分に向けられた鋭い武器のように感じるかもしれないし、何でもない表情や言葉が、棘《とげ》みたいに突き刺さってくることもある。道端の石ころを見てみろ。何も感じられない代わりに、傷つくこともないだろ？ 人間に蹴られてるってことも知らないから。でも、自分が日に何十回も踏まれ、蹴っとばされ、転がって、欠けてしまうこともあると知ったとしたら、石ころの気持ちはどうだろう。このたとえも、今はまだ君には難しいかもしれないな。つまり、私が言いたいのは……」

「わかります。母さんが同じような話をよくしてくれました。僕を慰めるために言ったのかもしれませんが。母さんは、とっても頭が良かったんです」

「お母さんっていうのは頭がいいもんなんだよ」

シム博士が微笑んだ。僕は一息おいてから、口を開いた。

「ひとつ質問してもいいですか？」

「もちろん。何かな？」

「人間関係についての質問って言ったらいいんでしょうか」

シム博士は高笑いをして、すぐに椅子《いす》を引き寄せて座り、両手をテーブルの上に載せた。蝶についての話から始めた。話が進むにつれて、シム博士は両手をぐっと握った。でも話がすべて終わると、表情を和らげてニコッと笑った。

「つまり、君は具体的に何が知りたいのかな？　ゴニが君の前でそんなことをした理由？　それともその時ゴニがなんで腹を立てたのかってこと？」

「そうですね。両方、でしょうか」

博士がうなずいた。

「ゴニは、君と友だちになりたがってるみたいだな」

「友だち」

僕はなんとなく繰り返した。

「友だちになりたいとき、目の前で蝶を引き裂いて殺すなんてこともあるんですか？」

シム博士が両手を組んだ。

「そういうことじゃないよ。でもとにかく、君の前で蝶を殺して、あの子は自尊心が深く傷ついたんだと思う」

「蝶を殺して、どうして自尊心が傷ついたんでしょうか」

博士が長いため息をついた。僕は素早く付け加えた。

「僕に理解させるのは簡単じゃないですよね」

「いや、どうやったらもっと単純に、簡単に話せるか考えてたんだ。じゃあ、単刀直入に、どうしてゴニがそんなことをしたのか、私の考えを話そう。ゴニは、君にすごく興味があるんだ。君のことが知りたいし、君と同じ気持ちを味わいたいと思ってるんだよ。……ところで、話を聞いてると、いつもゴニの方から君に近づいてるみたいだな。一度くらい君から近づいてみるのはどうだ？」

「どうやってですか？」

「ひとつの質問にも、百通りの答えがある。それがこの世の中だ。だから、私がこうしろと言うのは難しいよ。特に君くらいの年頃には、世の中はほとんどなぞなぞみたいなものだろう。自分で答えを見つけなきゃならない時期なんだ。でもあえてアドバイスが欲しいと言うなら、代わりに質問をしよう。ゴニが君に一番よくしたことは何だ？」

「殴ることです」

シム博士が肩をすくめた。

「うっかりしてた。それはパスにしよう。その次には？」

「うーん」

しばらく考えた。

「訪ねてくることです」

博士がテーブルを軽く叩いて、うなずいた。

「君ができる方法の一つは、彼を訪ねていくことみたいだな」

46

おばさんが、僕のためにリンゴをむいてくれた。おばさんは、とても太っていて、口のあたりの表情や目つきも優しく、黙っていても笑っているように見えた。リンゴの皮は最後まで切れずに、らせん状につながっていた。僕は、初めて訪ねた家のキッチンのテーブルについて、リンゴを前にして待っていた。リンゴの色が黄色を通り越して茶色くなってきた頃、ゴニが現れた。僕を見るとびっくりしてとまどっていたけれど、おばさんが僕たちの間を取り持つように話を切り出した。

「ゴニくん、お帰りなさい。お友だちが三十分前から待ってたのよ。お父さんは今日は遅くなるって。ご飯は？」

「大丈夫です。ありがとうございます」

そう話すゴニは、僕が初めて見る表情のゴニだった。とても落ち着いた声で、礼儀正しかった。でもおばさんがいなくなると同時に、自分の世界に戻ってきた子どものように、いつものつっけんどんな口ぶりで言った。

「何しに来たんだよ」

「別に。ただ顔を見に来た」

ゴニが口を尖《とが》らせた。すぐにおばさんが温かいククス（うどんに似た麺料理）を二つ持ってきた。本当はひどくお腹が空いていたのか、ゴニはククスを受け取るとすぐに、ずるずると音を立てて食べ始めた。

「週に二回来ていろいろやってくれてるんだけど、すごくいいよ。少なくとも父さんとかいう人と一緒にいるよりは楽だから」

ゴニが小さくつぶやいた。相変わらず、お父さんとは仲良くできていないようだった。

ゴニの住んでいるユン教授の家は、学校からかなり離れていた。漢江《ハンガン》を見下ろす綺麗な高級マンションの最上階で、そこからはソウルを象徴するほとんどのものを見渡せた。でもゴニは、自分がそんなに高いところにいるという実感はないと言った。

父と息子は、言葉を交わさなくなって随分経っていた。初めは努力していたユン教授も、息子との関係を諦めてしまった。教授は授業や学会を口実にしょっちゅう家を空け、二人の溝は埋まらなかった。

「あの男はさ……」

ゴニが言った。

「これまで俺がどうやって生きてきたのか、一度も聞かないんだ。俺がどんな生活をしてたのか、どんな子たちと過ごしてたのか。どんな夢を見て、どんなことに絶望したのか……。あいつが俺と会ってまず最初にやったことは何だかわかるか？　江南《カンナム》にある学校に俺を入れたんだよ。そこに行けば俺がまじめに勉強して、いい大学に行くとでも思ったらしい。でも行ってみたら、俺みたいな奴には絶対に肌に合わないところなんだ。俺を見る目の一つひとつに、そう書いてあった。だから、ちょっと暴れてやった。そこは容赦《ようしゃ》なかったね。何日かで追い出されたよ」

ゴニがふんと鼻を鳴らした。

「やっとのことで転校させたのが今の学校だよ。それでも進学校だから、面子《メンツ》は保てただろうさ。あいつは、俺の人生にセメントをざあっと流し込んで、その上に自分が設計した新しい建物を建てることだけを考えてる。俺はそんな奴じゃないのに……」

ゴニが床を睨みつけた。

「俺は息子じゃない。間違って引き取ってしまったガラクタなんだ。だからあの女が死ぬ前に顔も見られなかったんだし……」

母さん。何かの拍子にその言葉が出てくるたびに、ゴニは突然沈黙した。どこであろうと、つまり本であろうと、映画であろうと、すれ違う人たちの口からであろうと、母さんという言葉が出てくると、ゴニは消音ボタンを押したように、話を途中でやめた。

ゴニがお母さんについて覚えていることは、一つだけだった。温かくて柔らかかった、お母さんの手。顔は思い出せなくても、わずかに汗のにじんだ、しっとりして柔らかいお母さんの手の感触は忘れられなかった。その手を握って、太陽の下で影絵遊びをしたのを覚えていると、ゴニは言った。

人生がいたずらを仕掛けてくるたびに、ゴニは思った。人生とは、手を握ってくれていた母さんが突然いなくなるのと同じようなものだと。握ろうとしても、結局自分は捨てられるんだと。

「おまえと俺と、どっちの方が不幸なんだろうな。母さんがいたのにいなくなるのと、もともと記憶にもなかった母さんが突然現れて、死んじゃうのと」

僕にも答えはわからなかった。しばらくうつむいていたゴニがまた話し始めた。

「俺が今までどうしておまえんとこに行ってたかわかるか?」

「いや」

「理由は二つあったんだ。一つは、少なくともおまえは、ほかの奴らみたいに俺のことを簡単に決めつけなかっただろ? おまえのおかしい頭のおかげで。その頭のせいで、蝶だの何だの、無駄なことばっかりしたけど……。それから二つ目は」

ゴニはちょっとにやりとした。

「実は、聞きたいことがあったんだ。でも、ちくしょう、うまく話を切り出せなかった……」

僕たちの間に、静寂が流れた。僕は、時計の秒針のチッチッという音を聞きながら、ゴニの次の言葉を待った。ゆっくりと、ゴニがささやいた。

「どうだった？　あの女」

質問を理解するのに、ちょっと時間がかかった。

「おまえ、会ったことあるだろ。一回だけ」

記憶をたどってみた。花でいっぱいの部屋と、灰色の顔を思い出した。そのときはわからなかったけれど、その顔の中にあったゴニの面影《おもかげ》も。

「君と似てたよ」

「写真見ても、俺にはわからなかったけど」

ゴニがちぇっ、と言って、ふふんと鼻で笑った。そしてまた聞いてくる。

「どこが似てる？」

今度は僕を正面から睨みつける。僕は、記憶にあるおばさんの顔をゴニの顔に重ねた。

「目。顔の輪郭《りんかく》。笑ったときの表情。目じりが長く伸びて、口元に小さいえくぼができるところ」

「ちくしょう……」

ゴニが顔を背けた。

「でもおまえを見て俺だと思ったんだろ」

「あの状況だったら誰でもそう思うと思うよ」

「おまえの顔に、自分と似たところを探したんじゃないか？」

「お母さんが僕に言ったことは、君に向けた言葉だったんだ」

「最後、最後は何て言ってた？」

「最後は、僕を抱きしめてくれた。ぎゅっと」

ゴニは首を横に振った。そして、やっとのことでささやくように言った。

「温かかったか、その胸は」

「うん、とっても」

いからせていたゴニの肩が、ゆっくり下がり始めた。風船の空気が抜けるように、顔がくしゃくしゃになった。その顔はゆっくり下へ向かい、そして膝がカクンと折れた。頭を深く垂れた体が、上下に揺れた。何の音もしなかったけれど、ゴニは泣いていた。僕は、何も言わずにゴニを見下ろした。妙に背が高くなったような気分だった。

47

夏休みの間、ずっと僕たちは会っていた。肌がべとべとする湿気の多いその夏の夜に、ゴニは店の前の縁台に寝そべって、僕にたくさんの話を聞かせてくれた。でも、ここにゴニから聞いた話をそのまま書いても、何の意味があるのかと思う。ゴニはただ、自分の人生を生きてきただけだ。捨てられ、追いやられ、薄汚いと言ってもいいような人生を、十六年の生《せい》を。僕は、運命がさいころ遊びをしてるんだと言いかけて、やめた。そんなのは、本で読んだ言葉に過ぎなかった。

ゴニは、僕が会った人の中で一番単純で、一番透明だった。僕みたいな馬鹿でさえも心の中を覗けるくらいだったから。世の中は非情なところだから、もっと強くならなくてはならないと、ゴニはよく言った。それが、彼が人生について下した結論だった。

僕たちは、互いに似ているとは言えなかった。僕はあまりにも鈍かったし、ゴニは自分が弱い子だということを認めず、いつも虚勢を張っていた。

みんなはゴニが一体どんな子なのかわからないと言っていたけれど、僕はその言葉に同意できなかった。誰もゴニのことをちゃんと見ようとしていなかっただけだ。

外を歩くときはいつも、母さんが僕の手をぎゅっと握っていたことを覚えている。母さんは、絶対に僕の手を離さなかった。ときどき痛くて僕がそれとなく力を緩めると、母さんは横目で睨んで、しっかり握りなさいと言った。私たちは家族だから、手を繋《つな》いで歩かなくちゃいけないんだと。反対側の手は、ばあちゃんに握られていた。僕は、誰からも捨てられたことがない。僕の頭は出来損ないだったかもしれないけれど、魂まで荒《すさ》んでしまわなかったのは、両側から僕の手を握る、二つの手のぬくもりのおかげだった。

48

ときどき、母さんが僕に歌ってくれた歌を思い出した。母さんはよく通る声をしていたけれど、歌うときの声だけは低かった。ドキュメンタリーで見たクジラの歌う声のようでもあり、風の音や遠くから聞こえてくる波の音のようでもあった。でも、耳元に流れる母さんの声は、月日が経つにつれてだんだん小さくなっていった。そのうち、僕は母さんの声を忘れてしまうかもしれない。あの事件の前まで僕にとって身近だったすべてのことが、少しずつ僕から遠ざかっていた。

第三部

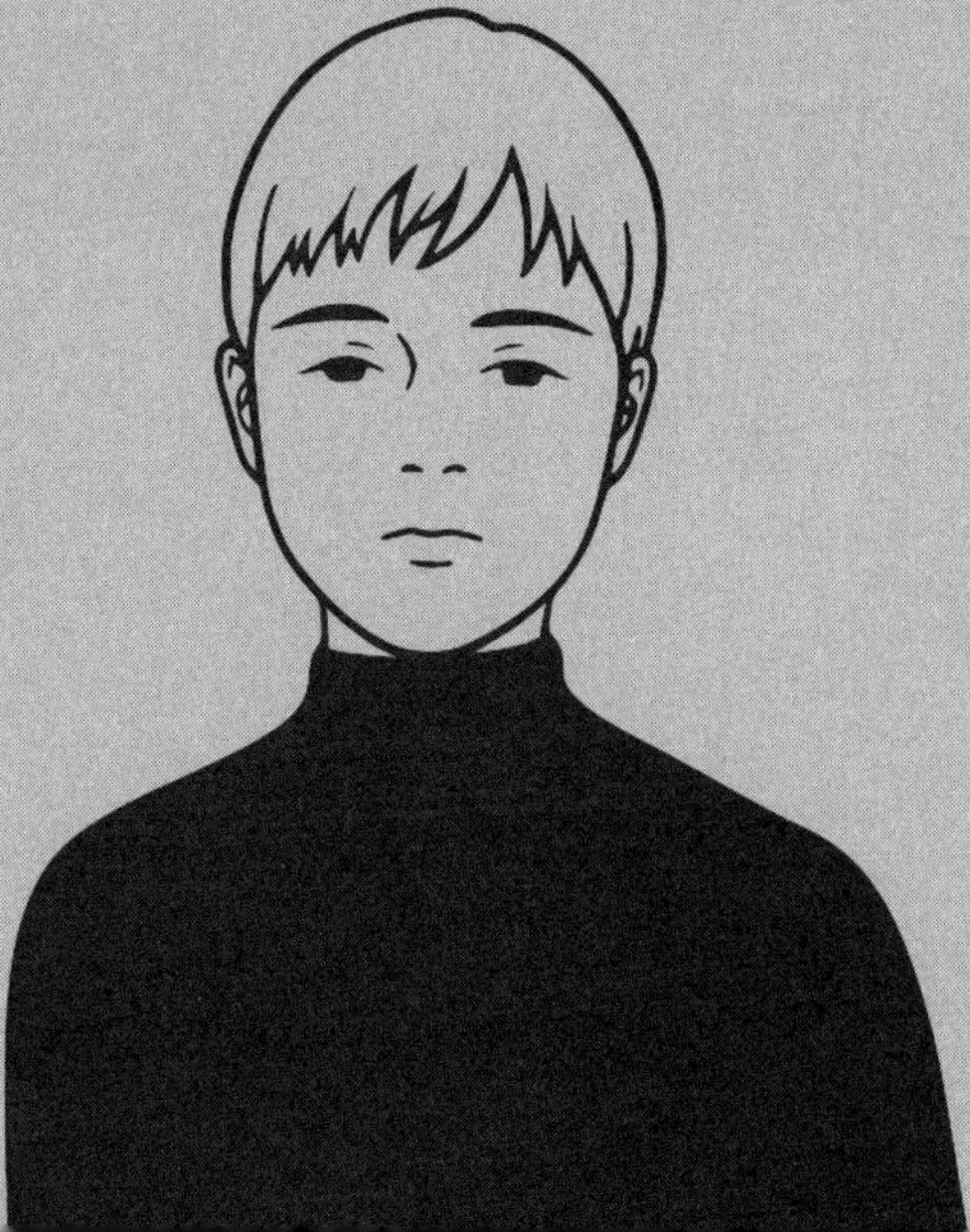

49

ドラは、ゴニとは正反対のところにいる子だった。ゴニが、苦しみや痛み、罪の意識について教えてくれたとすれば、ドラは僕に、花と香り、風と夢を教えてくれた。それは、初めて聴く歌のようだった。ドラは、誰もが知っている歌をまったく違うふうに歌うことのできる子だった。

50

八月の末、新学期が始まった。校庭の風景は以前と変わらないようでいて、どこか違っていた。木々の緑が一層深くなったくらいのわずかな変化。でも、匂いが違っていた。子どもたちが発する匂いが、季節が深まった分だけ濃くなっていた。夏は、その力を使い果たしつつあった。蝶《ちょう》がだんだん姿を消し、死んだセミが道の上に転がっていた。

初秋になって、僕にもこれまで経験したことのない変化が生まれた。説明するのが難しい、変化とも言えないような変化。知っていたものがこれまでとは違って見え、簡単に使っていた言葉が、舌先でざらざらともたついた。

その日曜日の夜もそうだった。僕はテレビで、デビュー三年で初めてチャート一位を獲得した五人組ガールズグループが、その喜びを語るのを見ていた。短いスカートに、やっとのことで胸が隠れるトップスを着た僕と同じ年頃の女の子たちが、抱き合ってぴょんぴょん飛び跳ねていた。リーダーが震える声で、彼女たちのマネージャーと事務所の社長、社員たちとスタイリスト、ファンクラブの名前を、暗記してきたみたいにぺらぺらと機関銃のようにまくし立てたかと思うと、泣きそうな声で聞き慣れたセリフを言った。

「愛してくださって、ありがとうございます。皆さん、本当に愛してます。素晴らしい夜になりました！」

歌番組が好きな母さんのおかげで、何度となく見た場面だった。ところがその日に限って、疑問に思った。愛という言葉は、そんなにも気軽に使われていいのだろうか。

愛を得るために力の限りを尽くし、結局は死を選んだ人たちが登場するゲーテやシェイクスピアの作品を思い出した。愛を失ってしまったために、ストーカーになったり、虐待したというニュースも。そして「愛してる」という一言ですべてを許した人たちの話も。

　つまり、僕の理解する限りでは、愛というのは究極の概念だ。規定できない何かを、かろうじて単語の中に閉じ込めたもの。でもその単語は、あまりにも気軽に使われていた。ただ単に気分がいいとか、ありがとうという意味で、平気で愛を口にする。

　そんな話をゴニに打ち明けると、ゴニはどうでもいいというように、ふん、と鼻を鳴らした。

「おまえ、俺に愛とは何かって聞いてるのか?」

「愛の定義を聞いてるんじゃなくて、君が愛ってどんなものだと思ってるのか聞いてるんだ」

「俺にわかると思うか。俺だってわかんねえよ。そういう意味では、おまえと俺は似てるのかもな」

　ゴニは、くっくっと笑ったかと思うと、今度は目をつり上げた。表情がすぐに変わるのが、ゴニの特徴だった。

「いや違う、おまえには、ばあちゃんと母さんがいただろ。二人から愛をいっぱいもらってたんじゃないのか。なんで俺に聞くんだ」

口調が荒くなった。ゴニは、首の後ろから頭のてっぺんまで髪を何度もかきむしった。

「愛なんて、俺に何がわかるってんだよ。してみたいとは思うよ。どうせなら、男女の恋愛をね」

ゴニはペンをつかむと、キャップを素早く開けたり閉めたりした。ペンがキャップの中に入ったり出たりを繰り返す。

「そういうのは、君、毎晩やってるだろ」

「この野郎、冗談も言えるのか。すごい進歩したな、おまえ。これが男女の愛かよ。一人でする愛だろ」

ゴニが僕の後頭部を軽く叩《たた》いた。痛くはなかった。ゴニが、僕の顔の近くに自分の顔をぐっと近づけた。

「おまえ、男女の愛って何か知ってるのか？」

「その目的が何かは知ってるよ」

「ふうん。じゃあ何だ？」

ゴニの目元が笑いを含んでいた。

「繁殖のための過程。利己的な遺伝子が誘導する本能的な……」

言い終わらないうちに、ゴニがまた後頭部にげんこつを食らわせた。今度は、少し痛かった。

「無知な野郎だ。おまえはさ、知りすぎてるから無知なんだよ。じゃあ、今から兄貴の言うことをよく聞くんだぞ」

「誕生日は僕の方が早いんだけど」

「こいつ、ふざけたこと言いやがって」

「ふざけてなんかないよ。僕はただ事実を言っただけ……」

「うるせえ、こん畜生」

笑いながらげんこつをもう一発。今度は避《よ》けたので当たらなかった。

「おっ？　なかなかやるじゃん」

「言いかけてた話を続けてよ」

コホン、とゴニが咳払《せきばら》いをした。

「俺は、愛なんてくだらないものだと思う。それを何かすごくて永遠のものみたいに言うのはおかしいよ。俺は、そんな甘っちょろいものじゃなくて、強いものがいい」

「強いもの？」

「そう。強いもの。負けないもの。傷ついて苦しむんじゃなくて、自分が傷つける側に立つもの。針金の兄貴みたいに」

針金の兄貴。これまでも何度か聞いたことがあるけれど、その名前になかなか慣れることができなかった。体がちょっとこわばった。なぜだか、聞きたくない話がこれからもずっと続くような気がした。

「針金の兄貴は強いんだ、ホントに。俺はあんなふうになりたい」

そう話すゴニの瞳が一瞬輝いた。

とにかく、こういった質問にゴニから答えを得るのは難しそうだった。かといって、シム博士にこんなことまで聞いていたらきりがないような気もした。

いつだったか、念入りに「愛」と書いているばあちゃんに、母さんが聞いたことがある。

「ところで母さん、それどんな意味かわかって書いてるの？」

ばあちゃんが睨《にら》みつけた。

「あたりまえだろ！」

そして、低くつぶやいた。

「愛」

「それって何？」

母さんが意地悪そうに聞いた。

「かわいさの発見」

「愛」の上の部分を書いていたばあちゃんが、真ん中の「心」を書いて言葉を続けた。

「この三つの点は、私ら三人だ。この点は私、これはおまえ、こっちはあの子！」

そうして僕たち家族を表す三つの点が打たれた「愛」が完成した。その時はまだ、かわいさを発見するというのがどういう意味なのかわからなかった。

ただ、少し前から、思い浮かぶ顔があることはあった。

51

イ・ドラ。僕の知っているイ・ドラを頭の中に思い描いた。走る姿が浮かんだ。一頭のガゼル、あるいはシマウマ。いや、それも適切な比喩《ひゆ》ではない。あの子はただ、イ・ドラだった。走るイ・ドラ。グラウンドに置かれた銀縁メガネ。空気を切ってびゅんびゅん進む、ほっそりした腕と脚。メガネのレンズが反射する光。軌跡となって残る土煙。疾走が終わり、メガネをつかんでぱっと鼻の上に載せる白い指。それが、僕がイ・ドラについて知っているすべてだった。

52

入学式の日、講堂で退屈な式が行われている間、みんなから離れて立っていた僕はこっそりドアを開けて廊下に出た。どこからか何か音が聞こえる。顔を向けると、廊下の向こうに女の子が一人立っていた。肩まで伸びた髪を耳にかけながら、つま先で床をとんとんと蹴《け》る。周りに誰もいないと思ったのか、ストレッチを始める。腕と脚をぐっと伸ばして体をほぐす。そしてタッタッとその場駆け足をして、そのまま廊下を突っ切ってダッシュする。走ってきたその子が、息を弾《はず》ませて僕の前でぴたっと止まった。僕たちの目が合った。少なくとも五秒くらい。その子が、ドラだった。

光沢《こうたく》のないシルバーグレーの、太めのメガネフレーム。その中の円《まる》いレンズ。レンズは薄くてたくさん傷があるせいか、日光をほとんどそのまま反射していた。だから表情がよく見えなかった。ドラは、ちょっと変わっていた。ほかの子たちのように、どうでもいいようなことにいちいち反応しなかった。あまりに落ち着いていて、ときどきずっと年上の女性のようにも思えた。その子がませていたとか、精神的に成熟していたというわけではない。ただ、その子は他人《ひと》とちょっと違っていた。

四月の初めまで、ドラはよく授業を欠席した。たまに学校に来ても、補習授業や夜間自律学習[12]には参加せずにすぐに家に帰った。だからドラは、学期の初めにゴニと僕の間に起こった騒動を見ることはなかった。実際、ドラは周りのことにあまり関心がなさそうに見えた。いつも隅《すみ》の席に座ってイヤフォンをしていた。陸上部のある高校に転校する準備をしていると聞いた。でも結局、転校はしなかった。その後、ドラが転校について話しているのを見たことはない。授業中は窓からグラウンドばかり眺めていた。檻《おり》の中に閉じ込められたヒョウのように。

一度だけ、メガネをかけていないドラを見たことがあった。春の運動会の時だった。ドラはクラスの代表で二百メートル走に出た。背が低くて痩《や》せていたので、一見すると運動が得意そうな印象はない。でもとにかく、ドラはスタートラインの前に立っていて、それはちょうど僕の目の前だった。

位置について。ドラはメガネをさっと外して脇に置き、地面に手をついた。ヨーイ。そのとき、ドラの目を見た。ちょっと上がった目じり。ふさふさのまつげ。瞳が薄茶色の光を発している。ドン。ドラが走る。細くて引き締まった脚が地面を蹴り、土煙を立てて遠ざかった。誰よりも速く。風のような動きだった。力強く、でも軽い風。あっという間にドラが一周して戻ってきた。ゴールを通過し、スピードを緩めながら走ってきて、僕の前に置いていったメガネを拾ってまたかけた。神秘的な目がメガネの向こうに消えた。

ドラの周りにはいつも友だちがいて、一緒に給食を食べる仲間もいた。でもそのメンバーは一定していなかった。一匹狼《いっぴきおおかみ》ではなかったけれど、特に親しい友だちがいるわけでもなく、誰と家に帰ろうが、誰とご飯を食べようが大して気にもしていないようだった。一人のときもあった。それでもいじめられたり、仲間外れにされたりということはなかった。周囲を気にせず、我が道を行く子のようだった。

53

母さんが目を開けた。寝たきりになって八か月ぶりに。病院からは、そんなに大喜びするようなことではない、と言われた。ただ瞼《まぶた》を開けたり閉じたりしているだけで、目を覚ましたのではないと。これからも導尿のための管《くだ》を挿し、二時間ごとに体の向きを変えてあげなければならないのは少しも変わらなかった。それでも眠りから覚めると、母さんは天井を見て目をぱちくりさせた。ほんの少し瞳が動いているようにも見えた。

母さんは、ごちゃごちゃした壁紙の模様の中にも星座を見つけ出す人だった。あれ見て。ひしゃくの形でまるで北斗七星みたい。カシオペアもあるわ。あれはおおぐま座。一緒にこぐま座も探そうか。星座の話をするくらいなら、水をお供えしてお月様に願い事でもしたら！　ばあちゃんのがらがら声が聞こえてくるようだった。

久しぶりに訪ねたばあちゃんの納骨堂の前には、雑草が生《お》い茂っていた。ばあちゃんと母さんの笑い声が頭に浮かんだ。なぜか、はるか遠くから聞こえてくるようだった。

店に客が来なくなってからかなり経っていた。放課後には必ずカウンターに立ったけれど、売り上げはもうないも同然だった。シム博士の厚意に頼って、ずっとこうやって暮らすわけにはいかない。何よりも、二人のいない本屋は墓地みたいだった。本の墓地。忘れられた文字のお墓たち。決心したのはその時だったと思う。もうここを閉める時が来たみたいだと。

シム博士を訪ねて、本屋をたたみ、荷物も減らして小さなコシウォン[13]の部屋に移ろうと思う、と言った。シム博士はしばらく何も言わなかった。でも理由を尋ねる代わりに、博士はうなずいた。

図書部の顧問は、三年生の担任をしている国語の先生だった。僕が職員室に行ったとき、先生は教頭の前で頭を下げていた。担任するクラスの模擬試験の成績がずっと最下位で、どうするつもりだと教頭から責め立てられていたのだ。顔を赤くして席に戻ってきた先生に、図書室に本を寄贈してもいいかと聞いた。先生は上《うわ》の空でうなずいて、構わないと言った。

廊下はしんと静まり返っていた。中間試験が目前に迫っていて、夜間自律学習の時間なのに生徒たちは誰も騒がしくしていなかった。朝早く体育館の隅に置いておいた本の箱を持って、僕は図書室に向かった。

ドアは簡単に開いた。同時に、調子を取る軽快な声が耳に響いた。ハッハッハッハッ。書架の方に近づいていった。書架の間から女の子の姿が見える。脚を前後に開き、その前後を入れ替えながら立ち跳びをしている。立ち跳びといっても、脚の幅がかなり広い。鼻に汗が浮かんで、髪がなびいている。目が合った。あの子だ。

「どうも」

こんなときは、先に話しかけるのが礼儀だ。ドラが動作を止めた。

「本を寄贈しようと思って」

聞かれていないことを話して、本の箱を開けて見せた。ドラが口を開いた。

「整理は図書部員がやるでしょ。そこに置いとけば」

「君は図書部じゃないの？」

「私は陸上部」

「うちの学校に陸上部あったっけ？」

「あるよ。顧問もいないし、部員も私だけだけど」

「ああ」

開けかけた箱を部屋の隅にゆっくり下ろした。

「それにしてもこんなにたくさんの本、どこから持ってきたの？」

古本屋をやっていると話した。寄贈しようとしているのは、ほとんど参考書だった。参考書にも流行があって、定評のある受験参考書以外は旬が過ぎるとなかなか売れなかった。

「ところで君はさ」

僕が聞いた。

「どうしてここで運動してるの？　体育館じゃなくて」

ドラは、手を後ろに組んで二、三歩歩いてから、顔を僕の方に向けた。

「体育館でやると、目立ちすぎるでしょ。ここが一番静かだから。どうせみんなあんまり来ないじゃん。基礎体力をしっかり固めておかないと、ちゃんと走れないんだ」

好きなことを話すとき、人は笑顔になり、目が輝く。ドラがそうだった。

「走ってどうするの？」

深い意味があってした質問ではなかった。それでもドラの目の輝きはさっと消えた。

「あんた今、私が一番嫌いな質問したってわかってる？　そんな言葉は、お母さんやお父さんから聞くだけで十分だよ」

「ごめん。走るのがいけないって言ってるんじゃなくて、目的を聞いたんだ。君が走る目的」

ドラが、ふう、とため息をついた。

「私にとってそれはさ、生きてどうするのっていう質問と同じなんだよ。あんたは何か目的があって生きてる？　正直、なんとなく生きてるじゃん。生きてていいことがあれば笑うし、悪いことがあれば泣くし。走るのも同じことだよ。一番になれば嬉《うれ》しいし、負ければ悔しいよ。実力がないと思って自分を責めたり、後悔することもあるよ。それでもとにかく走るんだ。なんとなく！　生きるみたいに、なんとなく！」

最初はそうじゃなかったのに、終わる頃には声が大きくなっている。僕はうなずいた。落ち着いて、という意味で。

「君のご両親もそれで納得した？」

「ぜんぜん。鼻で笑ってたよ。走ってどうするのって。どうせ大人になったら、信号が変わりそうな時以外、走ることなんて一生ないって。おかしくない？　ウサイン・ボルトでもないのに、走ってどうするのって言うんだよ」

ドラがちょっと悲しそうな顔をした。

「じゃあご両親は、君に何をしてほしいと思ってるの？」

「知らない。前は、そんなに運動がしたいなら、せめて金になるゴルフをしろって言ってた。でも、もうそんなことも言わないし。ただ人前に出たときに、恥ずかしい子にだけはなるなって。自分たちが勝手に産んどいて、なんで自分たちが決めたミッションを私が遂行しなきゃならないわけ？　大人になって後悔するぞっていつも脅されるけど、後悔するとしたって、するのは私じゃん。名前の通り生きていくだけだよ。イ・ドラって名前をもらったんだから、トライ（大馬鹿者）にならなきゃ」

思いっきりまくし立てて気分がほぐれたのか、ドラがにっこり笑った。図書室を出る前に、ドラが本屋はどこにあるのかと聞いてきた。僕は場所を教えて、どうして聞くのかと尋ねた。

「ここでできないときは、そこで運動しようと思って」

ドラが言った。

54

僕の模擬試験の成績は、いつも真ん中へんだった。数学が一番良くて、理科、社会もそこそこ。問題は、国語だった。言葉に込められた意味は、使われる時と場合によってどうして全然違ってしまうのか。そもそも、言葉にはどうしてこんなに多種多様な意味があるのか。そして、作者の意図は、どうして頑《かたく》ななまでに隠れているのか。僕が予想した行間の意味は、いつも違っていた。

ひょっとすると、言語を理解するというのは、相手の表情や感情を読み取ることと似ているのかもしれないと思った。僕の場合、基本的な脈絡を理解するのが難しいので推察力が劣ってしまうのではないか。成績表の国語の数字は、容易には受け入れられなかった。僕が一番よくできてほしいと思うものが、最もできなかったから。

本屋の整理には時間がかかった。やることと言えば本を処分することだけだったけれど、作業はなかなか大変だった。本を一冊ずつ取り出して一つひとつ写真を撮った。中古品販売サイトにアップロードするには、状態を把握しておくことも重要だった。本屋にこんなに多くの本があるとは思ってもみなかった。一冊一冊書架に並んでいた多くの思想、物語、研究。一度も会えなかった作者たちを思い浮かべた。突然、彼らが僕とは遠く離れた人たちだという気がした。初めてそう思った。それまでは、彼らはすぐ近くにいると思っていた。石鹸《せっけん》や手ぬぐいのように、手を伸ばせば届くところにあったから。ところが、そうではなかったのだ。彼らは僕とはまったく違う世界にいた。僕には永遠にたどり着けないかもしれない場所に。

「こんにちは」

肩越しに声が聞こえた。冷たい水でも浴びたように、その一言で心臓がひやっとした。ドラだった。

「一回来てみたの。いいでしょ?」

「いいと思うよ。もう来てるし」

僕が答えた。

「お客さんが店の主人に、来ていいか聞くことなんて普通ないからね。すごい人気で予約しないと入れない食堂ならともかく、見ての通り、ここはそうじゃないし」

そう言ってから、人気のない店だと白状してしまったようで、失敗だったかなと思った。ドラは何がおかしいのか、キャッキャッと笑った。小さな氷のかけらを何百個もばらまいたような笑い声だ。まだ口元に笑みを残したドラが、本をでたらめにひっかき回した。

「それにしても、店を開いたばかりなの？　本がまだ整理されてないね」

「廃業準備中なんだ。廃業するのに準備って言うのもなんだけど」

「残念。常連になりたかったのに」

最初、ドラはあまり多くはしゃべらなかった。その代わり、ほかのことをした。例えば、しゃべった後ほっぺたを膨らませて、プッと音を出しながら一度に息を吐き出したり、スニーカーのつま先で床をトントンと鳴らしたり……。そして、そろそろいいだろうと思ったのか、話を切り出した。

「あんた、何も感じることができないって本当？」

前にゴニがしたのと同じ質問だ。

「まあ、ちょっと違うんだけど、普通の人から見れば、そう言えるのかも」

「不思議。そういうのは、テレビでやってる電話募金を集めるドキュメンタリー番組なんかに出てくるものだと思ってた。あ、こんな言い方してごめん」

「いや、別にいいよ」

ドラがちょっと息を止めて、そして息を吐いた。

「あのさ、あんたこないだ、私にどうして走るのか聞いたじゃん。あの時私怒っちゃって、なんか悪かったなって思って。それを言いに来たんだ。本当は、両親以外で私にどうして走るのか聞いた人は、あんたが初めてでさ」

「うん」

「それでさ、私もただ純粋に知りたいから聞くんだけど。じゃああんたは、将来何になりたいの？」

しばらくの間、答えられなかった。僕の記憶が正しければ、そんな質問をされたのは初めてだった。だからそのとおり答えた。

「わかんない。誰にもそんなこと聞かれたことないから」

「誰かに聞かれないとわかんないことなの？　自分で考えてみたことはない？」

「僕には難しい質問だから……」

僕は口ごもった。でもドラは、僕にさらに説明を求める代わりに、そこに共通点を見つけ出した。

「私も似たようなもんだよ。今は夢が蒸発しちゃった。陸上は、親があんまり反対するから……。悲しい共通点だね」

ドラが膝《ひざ》を曲げたり伸ばしたりした。走りたくてうずうずするのか、暇《ひま》さえあれば体を動かしている。制服のスカートが軽くなびいた。僕は視線を戻して、また本の整理を始めた。

「すごく大切に扱うんだね。本が好きなんだね」

「うん、もうすぐお別れだから、挨拶《あいさつ》してるんだ」

ほっぺたの風船を作っていたドラが、またプッと音を立てた。

「私は、本とかはあんまり。文字はつまんない。その場にじっとしてて動かないじゃん。私は、動くものがいいわ」

ドラが書架に並んでいる本の背に指先を当てて横に滑《すべ》らせる。パラパラパラッ。雨のような音がした。

「でも、古本はちょっとはましだね。紙の匂いもこっちの方が懐かしい感じだし。落ち葉の匂いみたいだしね」

ドラがまた、訳もなくにっこり笑う。そして、

「じゃあね」

返事をする間もなく、いなくなった。

55

日差しの長い午後、学校帰りの道だった。空気は冷たく、太陽はすごく遠くから地球を見下ろしていた。あるいは僕の勘違いかもしれない。耐えられないほどの強い日差しがカンカンと照り付ける、蒸し暑い頃だったかもしれない。学校を出て、灰色の塀に沿ってカーブを曲がったときだった。一陣の風が吹いた。どこから吹いてきたのか、ものすごく強い風だった。木の枝が波打って激しく揺れ、木の葉《こは》は身震いするように細かく振動していた。

僕の耳がおかしいのでなければ、それは木が風に揺れる音ではなかった。波の音だった。あっという間に、地面に色とりどりの木の葉が散らばっていた。まだ夏の終わりなのに、明らかに空には太陽が輝いているのに、どうしたことか、視界は一面の落ち葉だった。オレンジ色や黄色の葉が、空に向かって伸びていくのをすっかり諦《あきら》めて、地面に降り積もっていた。

遠く離れたところに、ドラが見える。強い風に、髪が左側に高くなびいている。長くて、つやつやしていて、一本一本が太い糸のような豊かな髪だ。ドラの歩みが遅くなり、僕は速度を落とさなかったので、僕たちの間隔はだんだん狭《せば》まる。少し言葉を交わしたことはあっても、これほど近くでドラを見るのは初めてだった。白い顔にはちょっとそばかすがあり、風を避けようと薄く開いた目は、奥二重《おくぶたえ》になっている。その目が僕と合うと、驚いたように少し大きくなった。

突然、風の向きが変わった。ドラの髪がゆっくりと、反対方向にはためき始めた。彼女の匂いを乗せた風が僕の鼻に入ってきた。初めて嗅《か》ぐ匂いだった。落ち葉の匂いのようでもあり、春の新芽の匂いのようでもあった。すべての相反《あいはん》するものが一度に思い浮かぶ匂いだった。僕はさらに前に進んだ。もう僕たちは、互いの目の前にいた。彼女の髪が、僕の顔を打った。あ。僕が短く声を上げた。ヒリヒリした。突然、胸の中に重い石が一つ飛び込んできた。ずしんと重くて気持ちの悪い石が。

「ごめん」

とドラが言い、

「いや」

と僕が答えた。胸がつかえて声が裏返って出てきた。風が僕を強く押した。僕は、風に対抗するためにさっきより少しスピードを出して歩き始めた。

その晩は眠れなかった。幻のような映像が、頭の中で際限なく繰り返し再生された。揺れる木々、色とりどりの葉、そして風に体を預けたまま立っているドラ。がばっと起き上がり、訳もなく書架の間を歩いて、まだ立てかけてあった国語辞典をめくった。でも、僕が調べようとしている単語が何なのかわからなかった。体が熱かった。脈が耳の下でドクドクいっている。手の指先でも、足の指先でも。小さな虫が体を這《は》いずり回っているようにむずむずした。あまり気持ちのいい感覚ではなかった。頭が痛くて、くらくらした。それでも、その瞬間をしきりに思い出した。ドラの髪が僕の顔に触れた瞬間。その感触と、匂いと、空気の温度を。明け方になり、空がうっすら明るくなってきてから、ようやく眠りについた。

56

朝になると、熱は下がっていた。その代わり、今まで経験したことのない症状が現れた。学校に行くと、誰かの後ろ姿が光っていた。ドラだった。顔を背《そむ》けた。一日中、棘《とげ》が刺さったみたいに胸がちくちく痛かった。

日が暮れる頃、ゴニが店にやって来た。なぜか言葉がうまく出てこず、ゴニの話もあまり耳に入ってこなかった。

「何かあったのか、おまえ？　冴《さ》えない顔してるな」

「具合が悪いんだ」

「どこが？」

「わからないけど、どこもかしこも全部だよ」

ゴニが何か食べに行こうと誘ってくれたけれど、断った。ゴニは「何を食べようか」などとぶつぶつ言いながら、いなくなった。だるい体をあっちにひねったりこっちにひねったりしてみても、どこが悪いのか、よくわからなかった。店から出ると、シム博士とばったり会った。

「夕飯食べたか？」

博士が尋ね、僕は首を横に振った。もう夜が近づいていた。

今回は蕎麦《そば》だった。育ち盛《ざか》りに食べるものとしてはカロリーが低すぎると言って、シム博士はエビの天ぷらも頼んでくれたけれど、手をつけなかった。彼がゆっくり蕎麦を食べている間、僕は自分の体に現れているおかしな症状を打ち明けた。言葉が空回りして、短い話なのに普段より倍も時間がかかった。

「風邪《かぜ》の症状みたいなので、薬を飲みました」

やっとのことで話し終えた。シム博士がメガネをかけなおした。博士の目は、ぶるぶる震えている僕の脚に向いていた。

「さてと、じゃあもうちょっと詳しい話を聞かせてもらおうか」

「今よりもっと詳しくですか？　何を話せばいいんですか？」

僕が聞き返すと、博士はにっこり笑った。

「さあな。ただ、君が正確な表現を知らなくて、言ってないことがあるかもしれないと思っただけだ。だから、もうちょっと詳しく、一つひとつ順番に話してくれないか。いつからそういう症状が出始めたのか、例えば、何かきっかけや原因となるような出来事があったのか、とか」

目を細めて、事の始まりを振り返った。

「風です」

「風？」

博士は、僕の真似《まね》をするように目を細めた。

「説明するのがちょっと難しいんですけど、それでも聞いてもらえますか？」

「もちろんだ」

一度深呼吸をした。そして昨日あったことを、最大限詳しく話そうと思った。でも、いざ話してみると、何てことのない話だった。風が吹いて木の葉が落ち、ドラの髪が風で僕の頰《ほお》を叩いた。その瞬間、胸がきゅっとつかえるように息苦しくなった……。これといったストーリーも脈絡もない、雑談とも言えないような話だった。でも僕が話している間、シム博士の表情はだんだん柔らかくなり、やがて話が終わる頃には、大きな笑みが浮かんでいた。博士が僕に手を差し出した。思わず手を握ると、博士はその手を上下に二回くらい振った。

「おめでとう。君は成長してるんだよ。すごく嬉しいことだ」

笑みを浮かべたまま、博士が言葉を続けた。

「今年の初めからどれくらい背が伸びた？」

「九センチです」

「そうだろう。恐ろしいほどの速さだ。体が成長するから、頭の中も成長するんだ。私が思うに、君の頭の中の地形図がかなり変わったんだと思う。私が脳神経外科の医者だったら、今すぐMRIを撮って確認してみようと言ってるだろう」

僕は首を横に振った。小さい頃の「宇宙旅行」は、あまり愉快な経験ではなかった。

「まだそのつもりはありません。どうせやるなら、扁桃体がもうちょっと膨らんで大きくなるまで待とうと思います。それに正直言って、これがめでたいことなのかもよくわかりません。気持ち悪いし、夜も眠れないし」

「異性への関心ってのは、元々そういうものだよ」

「僕はその子が好きなんでしょうか？」

言ってしまってから、あっと思った。シム博士は、笑みを崩さないまま答えた。

「さあな。それは君の心だけが知ってることだよ」

「心じゃなくて、頭ですよね？　何でも、頭の指示に従ってるだけなんですよね」

「それはそうだけど、私たちは心って言うんだ」


シム博士の言う通り、僕は少しずつ変わってきていた。気になることが多くなり、その一方で、おかしなことに以前のように、僕が興味をもったことを博士にいちいち知らせたいと思わなくなった。言葉が空回りして、単純な質問もくるくるねじれて口から出てきた。紙に意味のない落書きをするようにもなった。そうすれば頭の中が整理されるのではないかと思ったのだけれど、なぜか文章ではなく単語ばかり繰り返し書いていた。その単語が何なのかに気付いて、紙をくしゃくしゃに丸めたり、椅子《いす》からガバッと立ち上がったりすることもあった。

やっかいな症状も続いた。いや、時間が経てば経つほど、ひどくなっていくようだった。ドラを見るとこめかみがずきずきして、遠くからでも、たくさんの人たちの中でも、彼女の声がちょっとでも聞こえてくると耳の神経が尖《とが》った。そうやって勝手に反応を始めた体が、自分でも気付かないうちに僕の頭を追い抜いてしまった体が、夏に着る春のコートのように不必要でうっとうしく感じられた。できることなら、脱いでしまいたいほどに。

57

ドラはしょっちゅう遊びに来た。現れる曜日や時間はまちまちだった。週末に突然現れることもあったし、平日の夜に立ち寄ることもあった。ドラが現れる前になると、なぜか背筋がぞくぞくした。地震を事前に察知する動物のように、嵐の前に地面から這い出てくる虫のように。

体がむずむずしてドアの外に出てみると、決まって地平線の向こうに彼女の頭のてっぺんが見えた。すると僕は、不吉なものでも目にしたように大慌《おおあわ》てで店に戻って、素知らぬ顔でやりかけの仕事を続けた。

ドラは本の整理を手伝うと言いながら、面白そうな本を見つけると、その場にしゃがみ込んで、気に入ったところを一ページ一ページ食い入るように見ていた。自然図鑑や昆虫、動物図鑑などがお気に入りだった。彼女は、どこにでも美しさを発見した。亀の甲羅《こうら》にも、コウノトリの卵や秋の沼地の葦《あし》にも、左右対称の美しさや自然のつくり出す造形の神秘を見つけ出した。ドラは、美しいという言葉を本当によく使った。僕は、その単語の意味は理解できたけれど、その輝かしさまで生き生きと感じることはできなかった。

秋が深まっていき、店の本の整理がすべて終わるまで、ドラと僕は、宇宙について、花と自然について話をした。宇宙の大きさ、虫を溶かして食べる花、さかさまになって泳ぐ魚について。

「知ってる？　私たち、恐竜は大きいとばっかり思ってるけど、実はコントラバスくらいの大きさの恐竜もいたんだって。コンプソグナトゥス。かわいかっただろうな」

ドラの膝の上には、カラフルな童話の本が広げてあった。

「僕が昔読んだ本だ。小さい頃、母さんが読んでくれた本※」

「お母さんがこの本を読んでくれたときのことを覚えてるの？」

うなずいた。浴槽くらいの大きさのヒプシロフォドン、子犬くらいのミクロケラトプス、五十センチくらいのミクロパキケファロサウルス、そして小さいクマの人形くらいのムスサウルス。その長くておかしな名前を今でも全部覚えている。ドラの口元がほころんだ。

「お母さんにはよく会いに行くの？」

「うん、毎日」

ドラがちょっと言いよどんだ。

「私も一緒に行ってもいいかな？」

「うん」

考える前に、答えが先に口から出てしまった。

母さんの病室の窓枠に、小さな恐竜の人形が置かれた。来る途中でドラが買った物だ。誰かと一緒に母さんの病室に来るのは初めてだった。ときどきシム博士が立ち寄ってくれているのは知っていたけれど、博士も僕も、一緒に行こうと言ったことはない。ドラは、微笑《ほほえ》みを浮かべて母さんを見つめ、母さんの手をそっと握ってさすった。

「こんにちは。ユンジェくんの友だちのドラと言います。ホントにお綺麗《きれい》ですね。ユンジェくん、学校にもちゃんと通って元気にしてますよ。ぜひその姿を見てあげてくださいね。きっとすぐに起きられるようになりますよ」

微笑みを引っ込めて、ドラが後ろに下がった。そしてささやいた。

「あんたもやるのよ」

「何を？」

「私がやったみたいに」

「母さんはどうせ聞こえないよ」

声を潜めたドラとは違って、僕はいつもと変わらない声で話した。

「おかしなことじゃないでしょ。ただ挨拶するだけなんだから」

ドラが僕を軽く押した。

ゆっくりと母さんに近づいた。この何か月か見てきた母さんと何も変わらない。初めてのことなので、なかなか最初の言葉が出て来なかった。

「出てようか？　一人の方がいい？」

「いや」

「無理しなくても……」

その瞬間、僕の口から、母さん、という単語が飛び出した。僕はぽつりぽつりと、母さんにこれまでのことを話し始めた。考えてみれば、話していないことがあまりにも多かった。当たり前だ。今まで何も話してなかったのだから。ゆっくりと話した。ばあちゃんがこの世を去って、僕一人が残されたと。高校に通っていると。冬、春、夏が過ぎて、もう秋だと。頑張ってみたけれど、結局古本屋をたたむことになったと。それでも、ごめんなさいとは言わないと。

話を終えて、ベッドから離れた。ドラが僕に笑いかけてくれた。母さんは相変わらず天井の星座を見ているだけだった。でも実際に母さんに話をしてみると、それほど意味のないことではないように感じた。シム博士が亡くなった妻を思いながらパンを焼くのは、これと似ているのかもしれないと思った。

58

ドラと親しくなるにつれて、なぜかゴニに秘密ができたように感じた。たまたまだろうけど、二人が同じ時間に来たこともない。ゴニは何に忙しいのか、以前よりめっきり足が遠のいていた。たまに訪ねてくると、そのたびに嗅ぎまわるように鼻をくんくんさせた。

「怪しい匂いがするな、おまえ」

「どんな匂い？」

「俺の知らない匂い」

そう言って睨みつける。

「何か俺に隠してることあるか」

「さあ」

ゴニがさらに問い詰めていたら、僕はドラについて話していただろう。でもゴニはどうしたわけか、それならいいと言ってそれ以上は聞かなかった。

その頃、ゴニはほかの学校の子たちと付き合い始めていた。ワルで有名な子たちで、ゴニの少年院の同期や先輩も何人かその中にいた。中でも、「まんじゅう」と呼ばれる子が有名だった。僕も下校途中にゴニと話しているまんじゅうを見かけたことがある。まんじゅうはそのニックネームとは違って、竹を連想させた。背が竹のように高く、体は串のように細く、腕も脚も枝のように痩せこけていた。ところがその枝の先についている手と足は、まんじゅうのように分厚かった。まるで木の枝で作った人形の両手両足に、小麦粉の練り粉を大きな塊《かたまり》にして付けたみたいだった。でも、まんじゅうというニックネームがついた本当の理由は、別にあった。その大きなこぶしと足で、気に入らない奴の顔を叩き潰《つぶ》して饅頭《まんじゅう》のようにしてしまうのだそうだ。

「あいつと遊んでると楽しいんだ、話も通じるし。どうしてかわかるか？　少なくとも俺にレッテルを貼って、おまえはこういう子だからこうしなきゃいけないみたいなこと言わないから」

ゴニは、まんじゅうたちから聞いた話を、いかにも面白そうに僕に教えてくれた。でも僕の耳には、全然面白くも楽しくも聞こえなかった。それでもゴニは、けたたましい笑い声をあげながら、そんな話を一人でしゃべり続けた。じっと聞いてあげること。僕にできるのはそれだけだった。

学校は、ゴニにずっと目を光らせていた。相変わらず保護者からよく電話がかかってきて、もう一度口実ができれば、ゴニはまた転校させられるかもしれなかった。ゴニは、問題を起こす代わりに、授業中はずっと机に突っ伏して寝ていた。それでも、彼の評判はどんどん悪くなっていった。みんながゴニの悪口を言うのがあちこちから聞こえてきた。

「いっそさ、俺、もっとワルになってやろうかな? もしかしたら、みんなそれを待ってるのかもしれないし」

ガムをくちゃくちゃ噛《か》みながら、何でもないことのようにゴニが言った。そのときはただ、ゴニのたわいないおしゃべりの一つだとしか思わなかった。でも、ただのおしゃべりではなかった。二学期の中頃になると、ゴニは変わった。自分自身を奈落の底に突き落とそうと必死になっているみたいだった。学年が始まったばかりの頃のように、目の合った子に手当たり次第罵詈雑言《ばりぞうごん》を浴びせるようになった。授業中は、脚を組んだまま斜《なな》めに座ったり、堂々と他のことをしていたりした。先生が注意すると、目をつり上げて睨んで、面倒くさそうに形ばかり姿勢を直した。先生たちも、平穏な授業のためにそれ以上は何も言わなかった。

ゴニのそんな行動を見るたびに、ドラの髪が触れた時のように、どこからか僕の胸に石が飛び込んできたような気がした。あの時よりもっと重く、正体のわからない石が。

59

十一月初め。しばらく続いた雨がようやく上がって、季節は完全に晩秋になった。店の片づけが大詰めを迎えていた。売れる本はすべて売り、残ったものは廃棄すればいい。近いうちにここを離れる。新たに住むコシウォンも見つけ、引っ越すまでの間、しばらくはシム博士と一緒に暮らすことにした。がらんと空いた書架を見ていると、何かが一段落したような気がした。

明かりを消して、本の匂いを深く吸い込んだ。僕にとっては、毎日嗅いですっかり馴染《なじ》んだ匂い。でもそこに、いつもとは違う何かが混ざっているような気がした。突然、心の中にポッと小さな火種《ひだね》が灯《とも》った。行間を知りたいと思った。作家たちが書いた文章の本当の意味がわかる人になりたいと思った。もっとたくさんの人を知り、深い話を交わし、人間とは何かを知りたかった。

誰かが店に入ってきた。ドラだった。挨拶もしなかった。忘れてしまう前に、早く話したかった。心に浮かんだ火種が消える前に。

「僕、いつかは文章を書けるようになるかな。自分について」

ドラの目が、頬をくすぐった。

「自分でも理解できない僕を、人に理解してもらうことができるかな」

「理解」

ドラが小さく言って、体をひねった。突然、彼女は僕の顎《あご》の下にいた。息が首筋にかかって、そうすると心臓が激しく鳴った。

「あんた、心臓の鼓動、速いね」

ドラがささやいた。厚めの唇から出てくる言葉が、息となって一つずつ顎の先に当たり、くすぐったかった。思わず息を深く吸い込んだ。彼女の吐き出した息が、僕の体の中に吸い込まれて入ってきた。

「あんた、今なんでこんなに脈が速くなってるかわかる？」

「いや」

「私があんたに近づいたから、心臓が嬉しくて拍手してるんだよ」

「あっ……」

目が合った。二人とも、目をそらさなかった。ドラが目を開けたまま、顔を突き出した。考える暇もなく、唇が重なった。クッションに触れたようだった。柔らかく、しっとりとした唇が僕の唇をそっと押した。その状態で、僕たちは三回息をした。胸が上がって下がって、上がって下がって、もう一度上がって下がった。そして僕たちは、同時に顔を下に向ける。唇が離れ、額《ひたい》がくっついた。

「私、あんたがどういう子か、今ちょっとわかったよ」

ドラが床を見たまま言った。僕も床を見ている。ドラのスニーカーの紐《ひも》がほどけている。その先が、僕の靴の下に入っている。

「あんたは、いい子だよ。それに平凡。でもやっぱり特別な子。あんたはそういう子だと思う」

ドラが顔を上げた。頬が赤い。

「これで」

ドラがつぶやいた。

「私も、あんたの話に登場する資格ができたかな」

「もしかしたらね」

「はっきりしない返事だね」

ドラが笑った。そして、ひょいひょいと走ってドアの外に消えていった。

膝の力が抜け、ゆっくりと座り込んだ。真っ白になった頭に脈が打った。体全体が太鼓《たいこ》になったように響いた。やめろ。やめろって。そんなにまでしなくても、生きてるってわかってるから。できることなら、そう言い聞かせたかった。頭を何度か振った。生きていけばいくほど、わからないことがどんどん増えていく。その時だった。何か気配を感じて顔を上げた。ドアの外に、ゴニが立っていた。何秒か、ゴニと僕は見つめ合った。ゴニの顔にかすかな笑みが浮かんでいた。彼が向きを変えて、ゆっくり視界から遠ざかった。

60

修学旅行の行き先は、済州島《チェジュド》だった。行きたくないという子たちもいたけれど、単に行きたくないというだけでは、不参加の理由にならなかった。全校で修学旅行に行かないのは、僕を入れて三人だけだった。二人は競試大会（科目別に行われる全国競争試験）出場のため、僕は母さんを一人にしておけないということで認められた。

静かな学校に行って、一日中本を読んだ。臨時の担任となった理科の先生が形式的に出席のチェックをした。そうして三日間が過ぎ、生徒たちが戻ってきた。なんとなくざわついた様子だった。

旅行最後の日に事件が起こった。帰ってくる前の晩、みんなが寝ている間に、おやつを買うために集めた金が、ごっそり消えたのだ。所持品検査が行われ、金を入れた袋はゴニのかばんから見つかった。金は半分しか残っていなかった。ゴニは、自分がやったのではないと言った。実際、彼にはアリバイがあった。その晩、ゴニは宿をこっそり抜け出して済州市内で過ごし、朝になって戻ってきたから。ネットカフェの主人も証人だった。ゴニは、ネットカフェで缶ビールをすすって、夜が明けるまで一人でゲームをしていた。

それでも、みんなはゴニがやったんだと口を揃《そろ》えた。ゴニが誰かにやらせたのか、それともゴニのせいにしようと仕組まれたことなのかはわからないけれど、とにかくゴニの仕《し》業《わざ》ということになっていた。みんなそう言った。

そんな騒ぎをよそに、修学旅行から戻ったゴニはずっと机に突っ伏して寝ていた。午後になって、ユン教授が学校に来た。金を返したそうだ。生徒たちは一日中スマートフォンにかじりついて、互いにメッセージを送り合っていた。カカオトークの着信音が休みなく鳴っていた。何が書いてあるのか、見なくても想像がついた。

61

何日か後の四時限目、国語の時間に〝その出来事〟は起きた。目を覚ましたゴニが突然立ち上がり、教室の一番後ろまで行って座った。先生はゴニを無視して授業を進めた。ところが今度は、くちゃくちゃガムを嚙む音が聞こえ始めた。ゴニだった。

「口の中のものを出しなさい」

定年間際の国語の先生だった。ゴニは返事をしなかった。静寂《せいじゃく》の中に、ガムを嚙む音だけが鋭く空気を切り裂いていた。

「出すか、もし出さないなら教室から出て行きなさい」

言い終わらないうちに、ぺっ、と音がした。ガムが放物線を描いて誰かの足もとに落ちた。先生が本を、ぱたん、と音を立てて閉じた。

「ついて来なさい」

「嫌です」

ゴニは壁に背をもたせかけて、両手を頭の上にもっていった。

「そんなこと言ったって、どうせあんたは俺に何もできないんだろ。せいぜい、職員室に呼んで脅したり、父さんとかいう奴に電話して学校に来させるくらいじゃないのか？　殴《なぐ》りたきゃ殴れ。怒鳴《どな》りたきゃ怒鳴れよ。我慢しなくていいのに。なんでみんな自分に素直にならないんだよ、ちくしょう」

国語の先生の表情には、変化がなかった。何十年もの教師生活で会得した技術なのか、彼は微動だにせず、ゴニを何秒間か凝視し、そしてそのまま教室から出ていってしまった。残された生徒たちは体を硬くした。みんな下を向いたまま、前に置かれた教科書に目を落としている。音のないパニックだった。

「金を稼ぎたい奴は出てこい」

ゴニが薄笑いを浮かべて、みんなに言った。

「何発か殴られて金を稼ごうって奴はいないのか？　あ？　そうだ。殴られる程度によって金額は違うぞ。ほっぺた一発で基本十万ウォンだ。血が出たら五十万追加。骨が折れたら二百万。手を上げる奴はいないのかよ」

みんな黙ったままだった。教室の中は、ゴニの息遣《いきづか》いしか聞こえなかった。

「売店に行く金もケチってるおまえらが、なんでみんなすまして座ってんだ？　あ？　そんなに意気地《いくじ》なしで、この厳しい世の中をどうやって生きてくんだよ。この出来損ないの阿呆《あほ》のクソ野郎どもが」

ありったけの力を振り絞った最後の言葉が、廊下の向こうの方まで響き渡った。ゴニの体がぶるぶる震えていた。意味のわからない笑いを含んだ口が、激しくわなわな震えた。どう見ても、泣きそうな表情に見えた。

「やめなよ」

僕が言った。ゴニの目がギラリと光った。

「やめろだと？」

ゴニがゆっくり立ち上がった。

「やめてどうすりゃいいんだ？　すみませんでしたって頭下げて、反省文書くのか？　土下座して、どうか許してくださいって謝るのか？　なあ、教えてくれよ。俺はどうすりゃいいんだよ、この出来損ないが」

僕は答えることができなかった。ゴニが目についたものを手当たり次第投げつけ始めたからだ。あちこちから、女子のキャーという声と、男子のオオーという声が、まるで合唱しているように耳をつんざいた。これほど短時間にどうやったらこんなになるのかと思うほど、教室の中はめちゃくちゃだった。机や椅子はひっくり返り、壁にかかった額縁と時間割は傾いていた。教室を丸ごとつかんで、ゆさゆさと揺すったあとのようだった。生徒たちは何もできず、地震でも起きたみたいに壁にぴったり張り付いているだけだった。そのとき、どこからかつぶやく声が聞こえた。それは確かにつぶやきだったけれど、叫び声のように耳に突き刺さる声だった。

「くず……」

ゴニは、声のする方に顔を向けた。そこに立っていたのは、ドラだった。

「消えなよ。こんなとこでうろうろしてないで、あんたに似合う場所に消えな」

ドラの顔には、どう言ったらいいか……僕には到底理解しようのない表情が浮かんでいた。目、鼻、口、どれも違う表情をしていた。目は上につり上がっていて、鼻の穴がちょっと広がっていた。そして口は、笑っているみたいに片方の端《はし》がめくれ上がって、でもどういうわけか、ぶるぶる震えていた。

教室のドアが開いて、担任が飛び込んできた。ほかの先生たちも一緒だった。でも彼らが何かをする前に、ゴニはさっと後ろのドアからいなくなった。誰もゴニを呼び止めたり、捕まえようとしなかった。僕でさえも。

62

夕方、ゴニが店にやってきた。所在なさそうに、空になった書架をどんどん叩きながら、しゃべり続けた。

「おまえも隅におけねえな。ロボットのくせに恋愛なんかしちゃって、味方してくれる女の子までできて。あの子が消えろとか言うから、マジで焦ったじゃねえか。おい、感じることもできないもんをいっぱいもらえていいなあ」

言葉に詰まった。ゴニは、へどもどすることはねえよ、俺たちの仲で、と言って何でもないというように手を横に振った。

「ところでさ、一つだけ聞かせてほしいんだけど」

ゴニが僕をまっすぐ見つめた。

「おまえも、俺だと思うか？」

ようやくゴニが用件を切り出した。

「僕は修学旅行にも行ってないんだ」

「質問にだけ答えろよ。俺だと思うのか」

「可能性を聞いてるの?」

「ああ、可能性だよ。俺がやった可能性」

「そこにいた全員に可能性はあるよ」

「その中でも、俺がずば抜けて高い、ってか?」

ゴニが、笑った顔でそう言った。

「正直に言うと」

僕は慎重に口を開いた。

「みんなが君に対してそう思うのは、無理もないよ。君は、そう思われるようなところが多いから。君以外に、そんなことをやりそうな人はあまり思いつかないよ」

「そうか。そうだろうと思ったよ。だから、頑張らなかったんだ。一回言ったんだよ、俺がやったんじゃないって。でも無駄だった。同じこと何回も言うのも嫌だから黙ってたら、父さんって奴が俺に聞きもしないですぐに弁償しちゃったよ。何十万ウォンにもなっただろうに。そんな父さんを持ってることを、自慢に思わなきゃなんねえのか?」

僕は何も言わなかった。ゴニも、しばらく口をぎゅっと閉じていた。

「でも俺は、そうは思わなかった」

言葉尻がちょっと上がった。少しの間、沈黙の時間が流れた。

「俺さあ、人に思われてる通りに生きてみようと思って。ホント言ってそれが、俺が一番よくわかってる生き方だし」

「どういうこと？」

「前に話しただろ、俺は強くなりたいって。すごく悩んだよ。どうしたら強くなれるのかって。たくさん勉強したり、体を鍛えて強くなる方法もある。でもそんなの俺に似合わねえだろ？　遅すぎたんだよ。俺は歳をとり過ぎたから」

「歳をとった？」

僕は聞きかえした。歳をとった。その言葉を口にしてゴニを見た瞬間、本当にそうなのかもしれないという気がした。

ゴニはうなずいた。

「ああ、歳をとったよ。取り返しのつかないほど」

「だから？」

僕が聞いた。

「だから、強くなるんだ。俺が生きてきた人生らしく。俺にとって一番自然なやり方でね。勝ちたいんだ。こんなに傷つけられなきゃならないんなら、いっそのこと傷つけてやる」

「どうやって?」

「わかんねえ。でも難しくはないと思うよ。それは俺にとっちゃ馴染んだ世界だから」

ゴニがふっと笑った。何か言おうとしたけれど、ゴニはもう外に出ていた。彼は突然くるっとこちらを向いて、こんな言葉を残していった。

「俺たち、もう会うことはないかもしれない。別れのキスの代わりに、これ」

ゴニがウインクして中指をそっと上げた。優しい笑顔だった。ゴニのそんな笑顔を見たのは、それが最後だった。こうして彼はいなくなった。

そして、悲劇が急速に進んでいった。

第四部

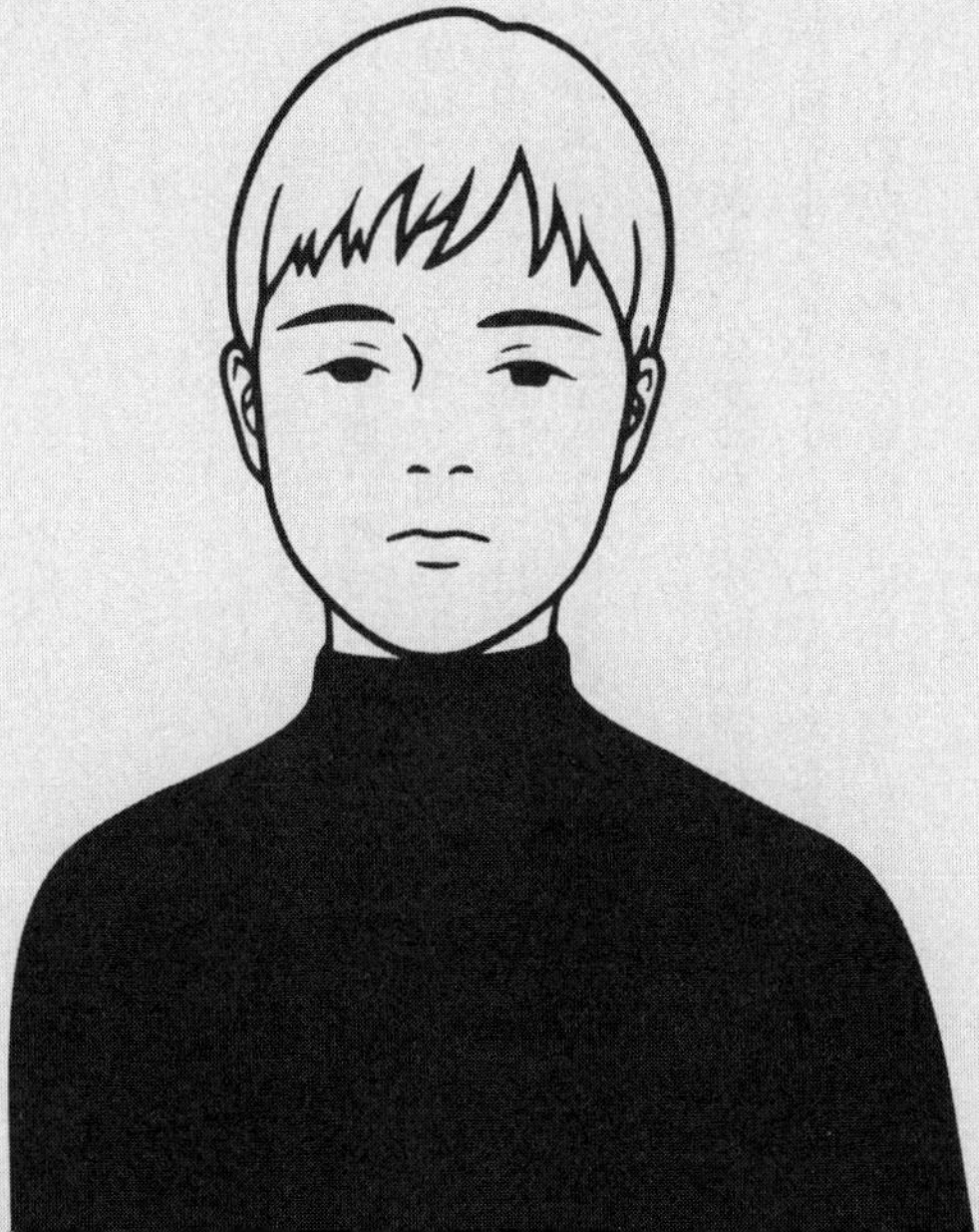

63

盗難事件の犯人は、別の子だったことがわかった。一学期の初めに、クラスのみんなの前で僕に、ばあちゃんが死ぬのを見た気分はどうかと大声で聞いた子。その子が担任のところに行って、全部自分が考えてやったと白状した。目的は金ではなく、ゴニに濡れ衣《ぎぬ》を着せてみんなの反応を見ることだった。なぜそんなことをしたのかと担任に聞かれて、その子は「騒ぎになるのが面白そうだったから」と答えた。

それでも、ゴニを疑って悪かったと思う子は誰もいなかった。今回は濡れ衣だったかもしれないけれど、ユン・イスならいずれは同じようなことをしでかしてただろうと、カカオトークのグループトークが飛び交っているのがみんなの肩越しに見えた。

ユン教授の顔は、しばらく何も食べていないみたいにやつれていた。教授は壁にもたれかかったまま、乾いた唇を動かした。

「僕は生まれてこの方、誰も殴《なぐ》ったことがなかった。人の行動を暴力でやめさせることができるとは思ってなかったんだ。それなのに、それなのにだよ、二回もイスを殴ってしまった。それ以外に、あの子を止める方法が思いつかなかったんだ」

「一回は、ピザ屋でしたね。窓越しに見てました」

教授がうなずいた。

「ピザ屋の主人とは和解した。幸い怪我人《けがにん》もなくて、事はどうにかけりが付いたよ。あの日、あの子を無理やり車に乗せて家に帰った。家に着くまでずっと、それに家に着いてからも、僕らは一言も話さなかった。家に着いたら僕はすぐに自分の部屋に入っちゃったからね」

ユン教授の声が震え出した。

「あの子が戻ってきてから、いろんなことが変わってしまった。妻の死を悲しむ余裕もなかった。妻は、みんなで一緒に暮らす日を夢見てたよ。でも本当のことを言うと、僕はあの子がいる家はすごく居心地が悪かったんだ。本を読んでても、寝床に横になっても、片《かた》時《とき》も頭から離れたことがない。どうしてあんな子になってしまったのか。いったい誰のせいなのか……」

教授は何回か深呼吸をして、再び話を続けた。

「もどかしくて悲しい気持ちがどんどん大きくなって、それにこれといった答えが見つからないとき、人はとんでもないことを考えるようになるもんだね。僕がそうだった。いっそあの子がいなかったら、永久に帰ってこなかったらどうだっただろうって、よく想像したりしたよ……」

教授の体が小刻みに震え出した。

「もっとひどいのはさ……。そもそも生まなかったら、初めからあの子が生まれなかったら、もしそうだったら何もかも今より良かっただろう、なんて思ったってことだ。そう、ひどいことに、実の父親が息子のことをそんなふうに思ったんだよ。ああ、こんなことを君に話すなんて、信じられない……」

涙が、教授の首を伝ってセーターの中に入り込んだ。しまいには泣き声に埋もれて、彼が何を言っているのかもよく聞き取れなくなった。温かいココアを一杯いれて差し出した。

「君は、イスとずいぶん親しくしてたそうだね。家にも一度訪ねてきたって。どうしてそんなことができたんだ？ あんな目に遭《あ》わされたのに」

ユン教授が僕を見つめた。僕は、僕にできる一番単純な答えを言った。

「ゴニはいい子ですから」

「そう思うの？」

僕は知っている。ゴニがいい子だということを。でも具体的にゴニについて説明しようとすると、彼が僕を殴って痛めつけたこと、蝶《ちょう》を引き裂いたこと、先生に盾突き、生徒たちに物を投げつけたことを話すことになる。ゴニがいい子だということを説明するのはそう簡単なことではない。みんなが思っているイスと、僕の知っているゴニが同じ人だということを証明するのと同じくらいに。言葉というのはそういうものだ。だから、僕はこう言った。

「なんとなく、わかります。ゴニはいい子です」

僕の言葉に、ユン教授は笑顔を浮かべた。その笑顔は、三秒くらい続いて、突然崩れた。彼がまた泣いてしまったからだ。

「ありがとう。そんなふうに思ってくれて」

「でもどうして泣くんですか？」

「僕はそんなふうに思えなかったから、イスにすまなくて。それに、あの子をいい子だと言ってくれることをありがたいと思うこと自体、僕にはその資格がないよ……」

ユン教授が、泣き声に混じってほとんど聞き取れない声で言った。帰る直前、彼はためらいながら付け加えた。

「もし、イスから連絡があったら、伝えてもらえるかな。帰ってこいって……」

「どうして帰ってきてほしいんですか？」

「大の大人がこんなことを言うのは恥ずかしいけどね。これまで、あまりにもいろんなことがひっきりなしに起こって、一つずつ振り返ってじっくり考えることができなかった。もう一度、一から始めるチャンスが欲しいんだ」

教授が言った。

「はい、そう伝えます」

僕は約束した。

いろんな考えが頭をよぎった。時間を戻すことができたなら、ユン教授はゴニを生まないことを選んだだろうか？　そうしていたら、彼ら夫婦はゴニを失わずに済んだだろう。おばさんは、自分を責めて病に倒れることもなかっただろうし、後悔しながら死ぬこともなかっただろう。ゴニのしでかした頭の痛いことも、そもそも起こらなかっただろう。そんなふうに考えると、やはりゴニが生まれない方が良かったように思える。何よりもゴニが、なんの苦痛も喪失も感じずに済んだだろうから。

でもそうすると、すべてのことは意味を失う。嫌な思いをしない、辛い思いをしたくないという目的だけが残る。おかしなことに。

明け方になるまで、意識が冴《さ》えていた。ゴニに言わなければならないことがあった。申し訳ないと言わなければならなかった。君のお母さんの前で息子のふりをして。僕に別の友だちができたことを言わなくて。そして、君はそんなことしてないと思う、僕は君を信じると言ってあげられなくて、申し訳なかったと。

64

ゴニを見つけなければならなかった。そのためには、まずまんじゅうという子に会う必要があった。まんじゅうが通う高校は、盛《さか》り場《ば》の中心にあった。どうしてそんなところに学校を建てようとしたのだろうと思うような場所だった。学校ができた後にそういう環境になったのかもしれないけれど、とにかくそんなところだった。午後の日差しが黄色く降り注《そそ》ぎ、どう見ても高校生には見えない子たちがグラウンドの端《はし》で堂々とタバコを吸っていた。

校門の前でたむろしていた子たちの何人かが、僕の体を小突《こづ》いた。僕は、まんじゅうに会いに来たと言った。ゴニがどこに行ったのか知っていそうなのは、その子しかいなかった。まんじゅうなら知っているかもしれない。ゴニを喜んで迎え入れてくれるような場所がどこなのか。

遠くから、まんじゅうがゆっくり歩いてきた。痩《や》せた体で、影はほとんど金串みたいだった。近くで見ると、手と足、それに顔がものすごく大きく、枝についた実のように見えた。まんじゅうが顎《あご》をしゃくると、周りの子たちは僕を取り囲んで脇腹を突っついてみたり、ポケットをまさぐったりした。僕から巻き上げるものが何もないことがわかると、まんじゅうが聞いた。

「こんな大人しそうな僕ちゃんが俺に何の用だ？」

「ゴニがいなくなったんだ。君なら彼がどこにいるのか知ってるような気がして。心配しなくていいよ。君から聞いたことを、大人たちに言うつもりはないから」

予想に反して、まんじゅうはあっさり答えてくれた。

「針金の兄貴」

まんじゅうは、肩をすくめて首を左右に二回くらい曲げた。ボキッ、という音が響いた。

「ゴニの奴、針金の兄貴んとこに行ったんじゃねえか。言っとくけど、俺は何も関係ねえからな。俺だって、針金の兄貴の前ではガキみたいなもんなんだ。こう見えても一応まだ高校生だからさ」

まんじゅうは、体をひねって自分がしょっているリュックをぽんぽんと叩《たた》いてみせた。

「どこにいるの？」

針金という名前がうまく口から出て来ず、そう質問した。まんじゅうは頰《ほお》をひくひくさせた。

「行くのか？　あんまりおすすめはしねえけど」

「うん」

短く答えた。彼と無駄話をしている時間はなかった。まんじゅうは何やらぶつぶつ言って、ちょっと間を置いた。そして、ここから遠くない港町の名前を口にした。

「そこの市場に行くと、路地の奥に古い靴屋があるんだ。ダンス用の靴を売ってんだけど、俺も行ったことはねえから、それ以上はわからん。幸運を祈るよ。たぶん無駄だと思うけどよ」

まんじゅうは、指で銃の形を作って、パンと僕の頭を撃つ真似《まね》をして、ゆっくりと視界から消えた。

65

ゴニに会いに行く前に、ドラが店に立ち寄った。しばらく黙っていたドラが、ごめん、と口を開いた。

「あの子があんたと親しいとは知らなかったよ。知ってたら、あんなふうには言わなかった。でも、それでも、誰かが止めなきゃならなかったと思う」

初めは小さかった声が、言い終わる頃には力がこもっていた。

「ほんとにわからないわ。あんたがどうしてあんな子と仲良くしてるのか……」

ドラがつぶやいた。

あんな子。そう、みんなそう思うだろう。僕もそう思っていたから。いつかシム博士にした話を、ドラに聞かせた。ゴニのことがわかれば、ばあちゃんと母さんに起こった出来事を少しは理解できるかもしれないと思った、と。そうすることで、一つくらいは世の中の秘密をわかるようになりたかったんだ、と。

「それで、わかったの？」

首を横に振った。

「その代わり、ほかのものを手に入れることができた」

「何？」

「ゴニ」

ドラは肩をすくめ、首を横に振った。

「でもどうして、あんたがあの子を捜しに行かなきゃならないの？」

彼女が聞いた。

「彼は、僕の友だちだから」

それが僕の答えだった。

66

潮風は塩辛く、少し生臭い臭いがした。その風に吹かれていると、今が夏なのか冬なのかも、どっちに行ったらよいのかもわからなくなった。僕は、風に追い立てられるように市場の中に入っていった。有名だというタッカンジョン（甘辛いソースをからめた鶏の唐揚げ）の店の前に、長い行列ができていた。

まんじゅうは、あまり良い案内者とは言えなかった。ダンス用の靴を売る店なんて、誰に聞いても見つからなかった。歩きに歩いて、迷路のような路地に出た。道が複雑に入り組んでいて、僕はただ足の向くまま進んだ。

冬の闇は、あっという間にやって来た。暗くなってきたなと思ったら、たちまち真夜中のように辺り一面真っ黒になった。どこからか奇妙な音が聞こえてくる。何かがきしむ音のようにも、生まれたばかりの子犬の鳴き声のようにも聞こえた。その間に、何か別の音とかすかな笑い声が混じっていた。音のする方に顔を向けると、真っ暗な建物の入り口が半分くらい開いているのが見えた。古ぼけた鉄のドアが、風にギシギシ音を立てている。はしゃいだ笑い声も聞こえてくる。突然、妙な感覚が体を包んだ。この感覚はいったい何なのか。それを表す言葉を何とか思い出そうとした。この場面はなぜか見覚えがあった。でもその言葉はなかなか思い浮かばなかった。

そのときだった。ギギーッとドアが開いて、少年たちの集団がどやどやと出てきた。僕は、慌てて壁に張り付いて身を隠した。僕と同じくらいか、二、三歳上くらいに見える子たちが、ケラケラ笑いながら暗闇の中に消えていった。そして再び、さっきと同じ感覚に包まれた。

ふと、先の尖《とが》った靴の片方だけが入り口に置かれているのが目に入った。金色のラメの入った派手な靴だった。近くに寄って裏返してみると、底にも柔らかい革が貼られている。ラテンダンスを踊るときに履くシューズのようだ。行き先を示しているかのように、シューズの先が、地下に伸びている階段を指していた。ゆっくりと暗い階段を下りて行った。下り切ったところには、何かの箱がいっぱい積んであって、その後ろに大きくて重そうな鉄のドアがもう一つあった。

ドアの前に近寄った。長い鉄の棒が溝に差し込まれて、かんぬきのようになっていた。こちら側からは開けられるようになっていたけれど、錆《さ》びついていて抜き取るのに時間がかかった。やっとのことで棒を抜いて、ドアを押した。

ごちゃごちゃした光景が広がった。汚くて古ぼけた部屋にはいろんなものが乱雑に積まれていた。何かの秘密のアジトみたいにも見えたけれど、何に使われている部屋なのかはよくわからなかった。

ガサゴソいう音が聞こえた。そして次の瞬間、僕たちの目が合った。ゴニが、膝《ひざ》を抱えたまま床にうずくまっていた。小さくて弱々しそうなゴニが、一人ぽつんと、すっかりやつれ切った姿で。既視感。僕が探していた単語はそれだった。「家族娯楽館」が頭をかすめた。店のおじさんの絶叫。道に迷った幼い僕。警察署にやって来た母さんが僕を抱きしめた瞬間。そして時間を飛ばして、母さんとばあちゃんが僕の目の前で倒れた姿まで……。頭を振った。今はそんなことを思い出しているときじゃない。僕の目の前にいるのは、死んでしまった店のおじさんの息子ではなく、まだ生きているゴニなのだ。

67

ゴニが目をつり上げた。僕が現れるとはまったく予想していなかっただろうから、当然だ。彼は苛立《いらだ》たし気《げ》に、やっとのことで言った。

「こんなとこまでなんで来た。どうやって来たんだ、くそっ……」

何があったのか、顔じゅうあざだらけで、あちこちに傷があった。顔色も青ざめていた。

「まんじゅうのところに行ったんだ。言っとくけど、ほかの人には言ってないよ、君のお父さんにも」

お父さん、という単語を言い終えないうちに、ゴニが横にあった空き缶を投げつけた。缶が宙を飛んでほこりの積もった床に落ち、ころころと転がった。

「君こそ、どうしたんだ。まず警察に知らせないと」

「警察？　ほんとに面白い奴だな、おまえ。マジでしつこいポリ公みたいだ」

そう言って、ゴニはおかしな声で笑い出した。お腹に手を当てて、上半身を後ろに反らせる、芝居がかった大げさな笑い方だった。そんなことして俺が感謝するとでも思ったのか、と悪態をつきながら。僕はその笑いを遮《さえぎ》った。

「そんなふうに笑うのは、君に似合わないよ。笑ってるように見えないし」

「俺はおまえに、どう笑うかまで指図されなきゃなんないのか？　俺はしたいようにするし、いたいところにいるんだよ。こんなとこまで来て人に口出しすんな、この野郎。おまえ何様だよ、あ？　おまえいったい何様なんだよ……」

ゴニの叫ぶ声が、だんだん小さくなってきていた。僕はゴニの体が小刻みに震えているのを何も言わずに見つめた。何日かのうちに、ゴニの顔は大きく変わってしまった。頰はげっそりとこけ、目の下にはくまができていた。何かが、彼を大きく変えてしまった。

「家に帰ろう」

「笑わせるな。かっこつけるなよ。くだらないこと言ってないで、こうやって大人しく話してるうちに消えろ。もっとやばいことになる前に消えろよ」

ゴニが唸《うな》った。

「こんな所にいてどうするんだ。こんなひどい目に遭ってもじっと我慢するのが強いってことだと思ってるの？　それは強いんじゃなくて、ただの強がりでしかないよ」

「わかったようなこと言うな、出来損ないが。おまえみたいな奴に何がわかるってんだ、ふざけたこと言いやがって」

ゴニが声を張り上げた。でもどうしたことか、次の瞬間、彼の目は凍りついた。かすかに足音が聞こえてきた。それは速いスピードで近づき、気付いたときにはもうドアの前に到着していた。

「だから早く消えろって言っただろ」

ゴニの顔が歪《ゆが》んだ。そして、彼が入ってきた。

68

人ではなくて巨大な影のようだった。見方によっては、二十代にも、三十代半ばを過ぎているようにも見えた。よれよれの分厚いジャンパーに黄土色のコーデュロイのズボンをはいて、バケットハットを深くかぶっていた。マスクをしていたので、顔はよく見えなかった。変わった服装だった。それが、針金だった。

「誰だ」

針金がゴニに聞いた。蛇が言葉を話すとしたら、こんな声だろうと思った。ゴニは唇を嚙《か》んだ。僕が代わりに答えた。

「友だちです」

針金の眉《まゆ》がつり上がった。額《ひたい》に横じわが二、三本出ている。

「友だちがどうやってここを知ったんだ？　いや、それよりも、どうして来たんだ？」

「ゴニを連れて帰るためです」

針金は、きしむ椅子《いす》にゆっくりと座った。同時に、彼の長いその影も半分に折れた。

「何か思い違いしてるんじゃないか？　友だちを助け出して、英雄になろうとでも思ってんのか」

彼が低い声で嫌味を言った。注意深く聞いていないと、あるいは好意的なのかと錯覚してしまいそうな、柔らかい口調だった。

「ゴニには、お父さんがいます。家に帰らなくちゃいけません」

「黙れ」

ゴニが僕を一喝《いっかつ》して、針金に一言二言話しかけた。針金は何度かうなずいた。

「ああ、おまえがその子か。ゴニから聞いたのを覚えてる。そんな病気があるのかどうか、俺は知らねえけど。どうもおまえの表情にはあんまり変化がないと思ったよ。俺に会った奴は、普通おまえみたいな反応じゃないからな」

僕は、もう一度繰り返した。

「ゴニと僕は帰ります。解放してください」

「ゴニ、おまえどうする？　友だちと一緒に帰るか？」

ゴニは唇を噛んでいるかと思ったら、ニヤッと薄笑いを浮かべた。

「どうかしちゃいました。俺、この出来損ないと一緒に帰ります」

「そうか。しかし、友だちってのは、固い絆《きずな》で結ばれてるっていうけど、どれだけ強く結ばれてんだか。どうせ口だけだろ。意味のない言葉が、世の中にはなにしろ多いからな」

針金は椅子から立ち上がると、身をかがめて懐《ふところ》から何かを出した。薄くて尖ったナイフだった。ナイフの刃に光が当たるたびに、銀色の鋭い閃光《せんこう》に目がくらんだ。

「これ、見せてやったことあったよな。いつかは使うことになるだろうって」

ゴニの口がゆっくり開いた。針金が刃先をゴニに向けた。

「ほら、使ってみろ」

ゴニが唾《つば》を飲み込んだ。全速力で走ったあとみたいに、胸が上がったり下がったりしている。

「おやおや、びびったか。初めてだから、最後まで行くこたねえよ。適当にちょっと怖がらせて遊んでみろって言ってるだけだ」

針金はマスクを取るとニヤッと笑って、ゆっくり帽子も脱いだ。その瞬間、何度も見た顔が頭をよぎった。それが誰の顔か思い出すのに、それほど時間はかからなかった。ミケランジェロのダビデ像、美術の時間に教科書で見た美の象徴。それにそっくりの容貌《ようぼう》が、針金の顔の中にあった。真っ白な肌で、唇はバラ色だった。淡い褐色《かっしょく》がかった髪と、きっちりとまっすぐに引いたような眉。深くて澄んだ瞳。神様は、おかしなところに天使の顔を与えた。

69

針金は、ゴニの少年院の先輩だった。ゴニも何度か遠目に見かけたことがあった。針金のやってきた数々の悪事とその武勇伝は、あまりにも刺激的で危険な匂いがして、仲間内だけで密《ひそ》かに語り継がれていた。彼が「針金」と呼ばれるようになったのも、本当かどうかはともかく、犯行に使われた道具が針金だったから、という噂《うわさ》だった。ゴニはしょっちゅう、少年院で見聞きした針金の話を、偉人の一代記でも語るように長々と話して聞かせてくれた。

針金は、下積みでコツコツ働くとか、社会と折り合いをつけて地道に暮らしていくなんてことはくだらないと考えた。彼には独自の美学があった。力でのし上がって、世の中を思い通りに操《あやつ》るようになることを目指していた。僕の胸には少しも響いてこなかったけれど、そのおかしな世界に魅了された子たちが針金の下に集まっていて、ゴニもそのうちの一人だった。

「針金の兄貴はさ、韓国も銃の使用を許可して、アメリカとかノルウェーみたいに銃の乱射みたいなことが時々起こった方がいいって言うんだよ。そうすれば、要《い》らない人間をいっぺんに掃《は》き捨てられるって。かっこ良くない？　兄貴はホントに強いんだよ」

「それが強いってことだと思うの？」

「当たり前だろ。兄貴には、怖いものは何もないんだ。おまえみたいに。俺もそうなりたいよ」

ゴニはそう言っていた。僕にすべてを打ち明けた、真夏の日に。

70

今、僕の目の前に立っているゴニの手には、ナイフが握られている。すぐ隣にいるみたいに、息遣《いきづか》いがはっきりと聞こえる。ゴニは何をしようというのか。何を証明したいのか。揺れる瞳が、大きな玉のように光っていた。

「ひとつだけ聞かせて。これが君の本心？」

静かに尋ねた。でもゴニの特技は、話の腰を折ることだ。言い終わらないうちに、僕の脇腹にゴニの蹴《け》りが入った。強い衝撃に、僕は窓にぶつかって倒れた。脇に置いてあったグラスが床に落ちた。

何歳で盗みを始めたか、いつから女遊びをするようになったか、なんで少年院に入ることになったのか、そんな自慢をする子たちがいる。彼らの組織で認められるには、それらしい武勇伝、あるいは何か勲章《くんしょう》みたいなものが必要だ。ゴニが殴られながら耐えたのも、そんな通過儀礼のためだろう。でも僕は、そういうのはみんな、弱い証拠だと思う。弱いからこその、強さへの憧《あこが》れでしかない。

僕の知っているゴニは、まだまだ子どもの十七歳の男の子に過ぎなかった。弱いくせに強いふりをしている、やわな奴。

「ほんとにこれが、君の本心なの？」

もう一度聞いた。ゴニがゼーゼー息を切らしていた。

「僕はそう思わない」

「うるせえ」

「僕はそうは思わないよ、ゴニ」

「黙れってば、この野郎」

「君は、そんなことできない子だよ」

「くそっ」

ゴニが声を張り上げた。いつの間にか、言葉に泣き声が混じっていた。壁に打たれた釘《くぎ》が刺さったのか、僕の脚から血が流れていた。それを見たゴニが、小さな子どものようにすすり泣き始めた。そう、ゴニはそんな子だ。血一滴に涙を流し、人が痛がっているのを見れば自分も痛いと思う子だ。

「言っただろ。君はそんなことできない子だって」

ゴニが背中を向ける。肘《ひじ》を折って目を覆《おお》っているけれど、体が震えている。

「それが君だよ。君はそんな子なんだって」

僕が言った。

「いいなあ……。本当に羨《うらや》ましい。何も感じられなくて。俺もそうだったらいいのに

……」

泣き声に混じって、ゴニがつぶやいた。

「行こう」

僕が手を差し出した。

「こんなとこにいないで、帰ろう」

「おまえ帰れよ、この野郎。俺はおまえみたいな奴、知らねえよ」

ようやく涙の止まったゴニが、今度は僕を口汚く罵《のの》り始めた。まるでそれが唯一の生きる道とでも言うように。吠《ほ》えたてるように、罵声《ばせい》を浴びせた。

「もういい」

針金が手を上げてゴニを止めた。

「青臭い茶番はもう見たくねえよ」

針金が、体を僕に向けた。

「連れてけよ、連れていきたいんなら。でも、ただじゃだめだ。大した友情みたいだけど、だったら友だちのためにどれだけのことができるのか、おまえも見せてやるべきなんじゃないか?」

針金が自分の顎をゆっくりさすった。ゴニの顔が、少しずつ白くなっていった。

「で、何ができるのかい、ゴニのためにさ?」

柔らかい口調だった。笑いを浮かべた顔で、文の終わりを柔らかく上げて話すこと。そういうのは親切なことを言っているのだと教わった。でも今のは、親切で言っているのではないということはわかっている。僕はこう答えた。

「どんなことでもです」

僕の答えが意外だったのか、針金は目を大きく開けて、ほお、と声を出した。

「どんなことでも？」

「はい」

「死ぬかもしれないのに？」

ちくしょう。ゴニが小さくつぶやいた。針金は、面白い、というように姿勢を直して座った。

「じゃあ、いっぺん耐えてみろ。こんな奴のためにおまえがどこまで耐えられるのか、見てみたい」

針金が笑顔を浮かべた。

「耐えられなくても、自分を責めることないぞ。おまえも普通の人間だって証拠なだけだから」

ゴニが目をぎゅっと閉じた。針金がゆっくり僕に近づいてきた。僕は目を開けたまま、自分に迫る現実を眺めた。

71

後になって人は僕に聞いた。どうしてそんなことをしたのか、どうして最後まで逃げなかったのかと。僕は、一番簡単なことをしただけだと答えた。恐怖も不安も感じられない人間にできる、唯一のことを。

蛍光灯をつけたり消したりするように、意識が失くなったり戻ったりを繰り返した。意識が戻ると、ものすごい痛みに襲われた。人の体はどうしてこんな感覚に耐えられるようにできているのか不思議に思うほど、まだ意識があるのが不合理だと思うほど、痛かった。

ときどきゴニが見えた。ぼんやりと、あるいははっきりと。頭がエラーを起こしているようだった。怖がっているゴニの姿が見えた。恐怖に血の気が引くというのがどういうことか、少しはわかるような気がした。酸素がまったくないところで必死に息をしなければならないような、そんな顔でゴニが僕を見ていた。

ゴニの顔が曇った。僕の視界がぼやけたのかと思ったけれど、そうではなかった。ゴニの頰が、涙でぐちゃぐちゃになっていた。彼が泣き叫び始めた。やめてくれ、どうかやめてくれ、と。いっそ俺にやってくれ、と叫び続けた。僕は、そんな必要はないと首を振ろうとしたけれど、もうその力はなかった。

72

ほんの数か月前の記憶が、おぼろげに頭の中を行ったり来たりした。蝶の羽を引きちぎった日、ゴニが僕に何かを教えようとして失敗したその日、ほの暗くなった頃。床に潰《つぶ》された蝶の残骸《ざんがい》を拭《ふ》きとって、ゴニはひどく泣いた。

「恐怖も、痛みも、罪の意識も、何も感じられなければいいのに……」

涙の混じった声だった。僕は、ちょっと考えてから口を開いた。

「誰でもそうなれるわけじゃないんだ。そうなるには、君は感情が豊か過ぎるよ。君はむしろ、画家とか音楽家になる方が合ってると思うよ」

ゴニが笑った。目に涙を溜《た》めたままの笑みだった。

苦痛に喘《あえ》いで吐き出す息が白くなる今とは違って、真夏だった、その時は。その時僕たちは、夏の真っ盛りにいた。夏。果たしてそんな時などあったのだろうか。すべてのものが青く、生《お》い茂っていて、成長を謳歌《おうか》していた時が。僕たちが一緒に経験したことは、本当にあったことなのだろうか。

ゴニは、僕によく尋ねた。恐怖を知らない、何も感じられないというのはどんな感じかと。そのたびに僕が苦労して説明しても、何度も同じ質問を繰り返した。

僕にも、ずっと答えの見つからない疑問があった。最初は、ばあちゃんを刺した男の心が知りたかった。でもその疑問は、次第に別の方に移っていった。知っているのに知らないふりをする人たち。彼らをどう理解すればいいのか、まったくわからなかった。

シム博士を訪ねたある日のことだった。テレビの画面の中で、爆撃で両足と片方の耳を失くした少年が泣いている。地球上のどこかで起こっている戦争のニュースだ。画面を見ているシム博士の顔は無表情だ。僕の気配を感じた博士が顔を向けた。僕を見ると、優しく笑って挨拶《あいさつ》をした。僕の視線は、笑みを浮かべた博士の後ろに見える少年に向いていた。僕みたいな馬鹿でもわかる。その子が痛がっているということが。むごたらしい、不幸な出来事で苦しんでいるということが。

でも聞かなかった。どうして笑っているのかと。あんなに痛がっている人がいるのに、その姿に背を向けてどうしてあなたは笑えるのかと。

誰もが似たようなものだったから。チャンネルを平気で変えていた母さんやばあちゃんも同じだった。あまりにも遠くにある不幸は自分の不幸ではない、母さんはそう言っていた。

母さんの言うとおりだとしよう。では、母さんとばあちゃんが襲われているのを見ていながら、何の行動もしなかったあの日の人々はどうなのか？　彼らは目の前で、あの出来事を目撃した。遠くにある不幸という言い訳のできない距離だった。当時、聖歌隊の隊員の一人が受けたインタビューが脳裏に浮かんだ。男の気勢があまりにも激しく、怖くて近づけなかったと。

遠ければ遠いでできることはないと言って背を向け、近ければ近いで恐怖と不安があまりにも大きいと言って誰も立ち上がらなかった。ほとんどの人が、感じても行動せず、共感すると言いながら簡単に忘れた。

感じる、共感すると言うけれど、僕が思うに、それは本物ではなかった。

僕はそんなふうに生きたくはなかった。

ゴニの体から、変な音が出てきた。みぞおちの下から上がってくる、太くて大きな音だった。錆びた歯車がやっと動く音のようにも、獣が唸る声のようにも聞こえた。彼はどうして、そうまでして自分に似合わないことをしようとするのだろう。〝情けない奴〟という言葉が口の中でくすぶった。

針金が、ゴニをじろっと見た。

「ちっとも耐えられないじゃねえか。友だちって言ったって、せいぜいこの程度のもんなんだな。わかった。さて、と。自分の選択を後悔するんじゃねえぞ」

針金が、ゴニの横に落ちているものをふんだくった。さっきゴニに渡したナイフだ。針金がゴニの顎の下にそれを当てた。でも彼は、ゴニを刺すことはできなかった。その刃を受けたのは、僕の方だったから。

そして僕は死んでしまった。

73

僕の体がゴニを押しのけた瞬間、針金のナイフが僕の胸に容赦《ようしゃ》なく食い込んだ。ゴニが針金に向かって、悪魔、と叫んだ。針金がナイフを抜き取った。赤い液体が、温かくてねっとりした命の水が、体の外にどくどく抜けていった。しばらくの間、意識を失った。

誰かが僕の肩を揺さぶった。ゴニが僕を抱きかかえている。

「死ぬな。何でもやってやるから、何でも……」

ゴニは今にも泣き出しそうだ。どういうわけか、彼は血まみれだ。ちらっと、針金が床にうつぶせに倒れているのが目に入る。その時どうしてそんなことを言ったのかわからない。僕はやっとのことでささやいた。

「君が傷つけた人たちに、謝るんだ。心から。君が羽を引きちぎった蝶や、知らずに踏んだ虫たちにも」

申し訳ないと言いに来た僕が、ゴニに謝れと言っている。それでもゴニはうなずく。

「わかった。わかったよ。そうするよ。だから、お願いだから……」

僕を抱きしめたゴニの体が、前後に揺れ動く。突然、彼の声が聞こえなくなる。上下の瞼《まぶた》がゆっくり重なっていく。深い水に体を預けたように、体全体の力が抜ける。今僕は、僕が生まれる前にいた太古の場所へ行く。頭の中では、映画が始まるときのように、ぼんやりと浮かびあがった場面がだんだん鮮明になってくる。

最後に雪の降った日。つまり僕の誕生日。雪を血で染めた母さんが倒れている。ばあちゃんが見える。表情が猛獣のように荒々しい。ガラス越しに、僕に向かって叫ぶ。行け。行け。あっち行け！ それは普通、嫌いだという意味だ。ドラがゴニに消えろと叫んだのと同じ意味だ。どうしてだろう。どうして僕に行けと言うんだろう。

血が飛び散る。ばあちゃんの血だ。目の前が赤くなる。ばあちゃんは痛かったのだろうか、今の僕のように。そしてそれでも、その痛い思いをするのが僕ではなく自分で良かったと思ったのだろうか……。

ぽたっ。僕の顔の上に涙の滴《しずく》が落ちる。熱い。やけどしそうなほど。その瞬間、胸の真ん中で何かがぷちっ、とはじけた。妙な気分が押し寄せた。いや、押し寄せたのではなく、押し出された。体の中のどこかに存在していた堤防が崩れた。ぐわっ。僕の中の何かが永遠に壊れた。

「感じる」

無意識に声が出た。その感じたものの名前が、悲しみなのか嬉《うれ》しさなのか寂しさなのか痛みなのか、あるいは恐怖だったのか喜びだったのか、僕にはわからない。でも僕は、何かを感じたのだ。吐き気がした。振り払ってしまいたいような疎《うと》ましさが押し寄せてきた。それでも、素晴らしい経験だという気がした。突然、耐えがたい眠気に襲われた。ゆっくりと瞼が閉じた。泣いているゴニが視界の外に消えた。僕は初めて人間になった。そしてその瞬間、世の中のあらゆることが僕から遠ざかっていった。

実は、僕の話はここで終わりだ。

74

だから、ここからは一種の後日談だ。

僕の魂が肉体を抜けて、僕の体にすがって泣いているゴニを見下ろした。頭にできた禿《はげ》が、星の形をしている。それを見て、一度も笑ったことがないのを思い出した。ハハハ。声に出して笑った。僕の記憶はそこまでだ。

再び目覚めたとき、僕は現実の世界に戻っていた。そこは、病院だった。そして長い間、目が覚めたり眠ったりを繰り返した。僕が完全に回復して、再び歩けるようになるまでは、数か月かかった。

寝ている間、同じ夢を何度も見た。運動会の最中のグラウンドだ。土ぼこりの上がる太陽の下で、僕とゴニが立っている。日差しがひどく熱い。目の前で徒競走が繰り広げられている。ゴニがニヤッと笑って、僕の手に何かを握らせた。手を広げると、半透明の玉が手のひらの上をころころ転がる。真ん中の赤い線が笑った表情のように見える。玉を転がすと、赤い線が向きを変えて泣いたり笑ったりする。すもも味のキャンディだ。

キャンディを口の中に入れる。甘くて、ちょっと酸《す》っぱい。唾が溜まる。舌でキャンディを転がす。ときどきキャンディが歯にぶつかって、かちかちと音がする。急に痛みを感じる。少ししょっぱくて、舌がしみる。生臭い味もするし、苦い味もする。それと一緒にとても甘い香りが昇ってきて、僕は鼻をくんくんさせる。

パーン。どこかで、スタートの号砲が空気を震わせる。僕たちは、地面を蹴って走り出す。勝負ではなく、ただ走るのだ。僕たちはただ、体が空気を切っていることを感じるだけでいいのだ。

目が覚めたとき、僕の前にはシム博士がいた。博士は、これまでの話を聞かせてくれた。

僕が意識を失った直後、ユン教授が警察と一緒に駆けつけた。僕たちの力ですべてを元通りにできたら良かったのだけれど、大人たちから見れば、僕たちはまだ子どもに過ぎないようだ。ドラが担任に連絡を取り、何人かの生徒がまんじゅうとゴニの関係を話して、警察がまんじゅうのところに行くことができた。その後、針金のいるところまで来るのは難しいことではなかったそうだ。

針金は、ゴニのナイフで刺された。でも命に別状はなく、僕より早く回復して、今は裁判を待っている。彼がやってきた悪行《あくぎょう》は数えきれないほどで、とてもそのすべてを列挙することはできない。あとで伝え聞いた話だけれど、彼は自分が払うことになる代償が思った以上に大きいとわかっても、終始一貫薄笑いを浮かべたままだったそうだ。彼の心の中は、いや、そもそも人間というのは、どのように設計されているのか。針金が別の表情をする日が、そんな機会が彼の人生にあればいいなと思った。

ゴニが針金を刺したことは、おそらく正当防衛として認められるだろうとのことだった。ゴニは心理療法を受けていて、まだ僕に会う準備ができていないそうだ。ユン教授は学校に休職届を出した。ただゴニのためだけに生きてみる、まだゴニと心を開いて話せるようにはなっていないけれど、これからも努力していく、とユン教授は言った。

シム博士は、僕が寝ている間にドラが何度かやって来たと言って、彼女が置いていったカードを渡してくれた。文字の嫌いなドラらしく、カードを開くとメッセージの代わりに写真が一枚だけ入っていた。写真の中で、ドラが走っている。両足が宙に浮かんでいるのが、まるで空を飛んでいるみたいだ。ドラは、陸上部のある学校に転校した。転校したとたんに、区の大会で二位になった。蒸発したと言っていた夢を取り戻したようだ。トライ(大馬鹿者)。ドラのお父さんとお母さんは、きっとそう言いながら笑っているだろう。

「表情が豊かになったな」

ふと、シム博士が僕に言った。僕は、あの恐ろしい夜にあった信じがたい出来事を話した。僕の体と心に突然起きた、おかしな変化を。

「完全に回復したら、MRIを撮ってみよう。臨床検査ももう一回全部やり直して。君の頭がどれくらい変わったのか、確認してみるときが来たようだね。実はね、私は君についての診断をずっと疑ってたんだ。私もかつては医者だったけれど、医者はレッテルを貼るのが好きだからね。そうすると特異な症状や患者を受け入れることができるんだ。それがわかりやすくて役に立つ時もたくさんある。でもね、人の頭っていうのはみんなが思ってる以上におかしなやつなんだよ。それに私は今でも、心が頭を支配できると信じてるんだ。だから私が言いたいのは、ひょっとすると君は、ただ頭の発達の仕方がほかの人とちょっと違っていただけなのかもしれないってことだ」

博士が笑った。

「発達するっていうのは、変わるっていうことですか？」

「まあ、そう言ってもいいだろう。いい方向にしろ悪い方向にしろ」

僕は、ゴニとドラと共に過ごしたこれまでのいくつかの季節を短く思い返した。そしてゴニがいい方向に変わることを願った。でも本当のことを言うと、そもそも〝いい方向〟ということ自体が、具体的にどう変わることなのかよくわからなかったけれど。

シム博士が出かけてくると言って立ち上がり、ちょっとためらってから思わせぶりに言った。

「プレゼントをあげる前から中身を先に話してしまう人がいるけど、私はそういうのはすごく嫌いなんだ。でも今私は、言いたくてうずうずしてるよ。言わないで我慢するのがこんなに難しいこともあるんだってことがよくわかった。ヒントをあげておこう。もうちょっとしたら誰かに会うことになるよ。君に驚いてもらえたら嬉しいけど」

そう言いながら、博士は僕に宛てたゴニの手紙を渡してくれた。

「あとで読みます」

シム博士が病室を出て行ってから、封筒を開けた。四つ折りの白い紙が入っていた。ゆっくり紙を広げた。そこには、思いっ切り力を込めたごつごつした文字が並んでいた。

ごめん。

そしてありがとう。

心から。

心から、という言葉の後に打たれた句点からしばらく目が離せなかった。その句点がゴニの人生の区切りになってくれることを願った。僕たちは、また会うことができるだろうか。それを願った。〝心から。〟

75

ドアが開いた。シム博士だった。車椅子を押している。そこに座った人が、僕に向かって明るく微笑《ほほえ》む。見慣れた笑顔だ。生まれた瞬間からずっと見てきた笑顔だった。

「母さん」

と言った瞬間、母さんの目からどっと涙があふれた。僕の頰をさすり、髪をなでて、母さんはずっと泣いていた。僕は泣かなかった。まだそこまで感情が発達していないからなのか、それとも母さんを見て泣くには、頭がもうすっかり大人になってしまったのか。

僕は泣いている母さんの涙を拭《ぬぐ》って、母さんを抱きしめた。なぜか、そうすればするほど母さんはさらに泣いた。

僕が寝ている間に、噓《うそ》みたいに母さんの意識が戻った。誰もが不可能だと言っていたことを、母さんはやったのだ。ところが母さんは、そうじゃないと言った。誰もが不可能だと言っていたことを、僕がやったのだ、と。僕は首を横に振った。もっと何かを説明したいのだけれど、どこから話せばいいのだろうか。急に頰が熱くなる。母さんが何かを拭ってくれる。涙だ。いつの間にか、僕の目から涙が流れている。僕が泣く。そして笑う。母さんも同じだ。

エピローグ

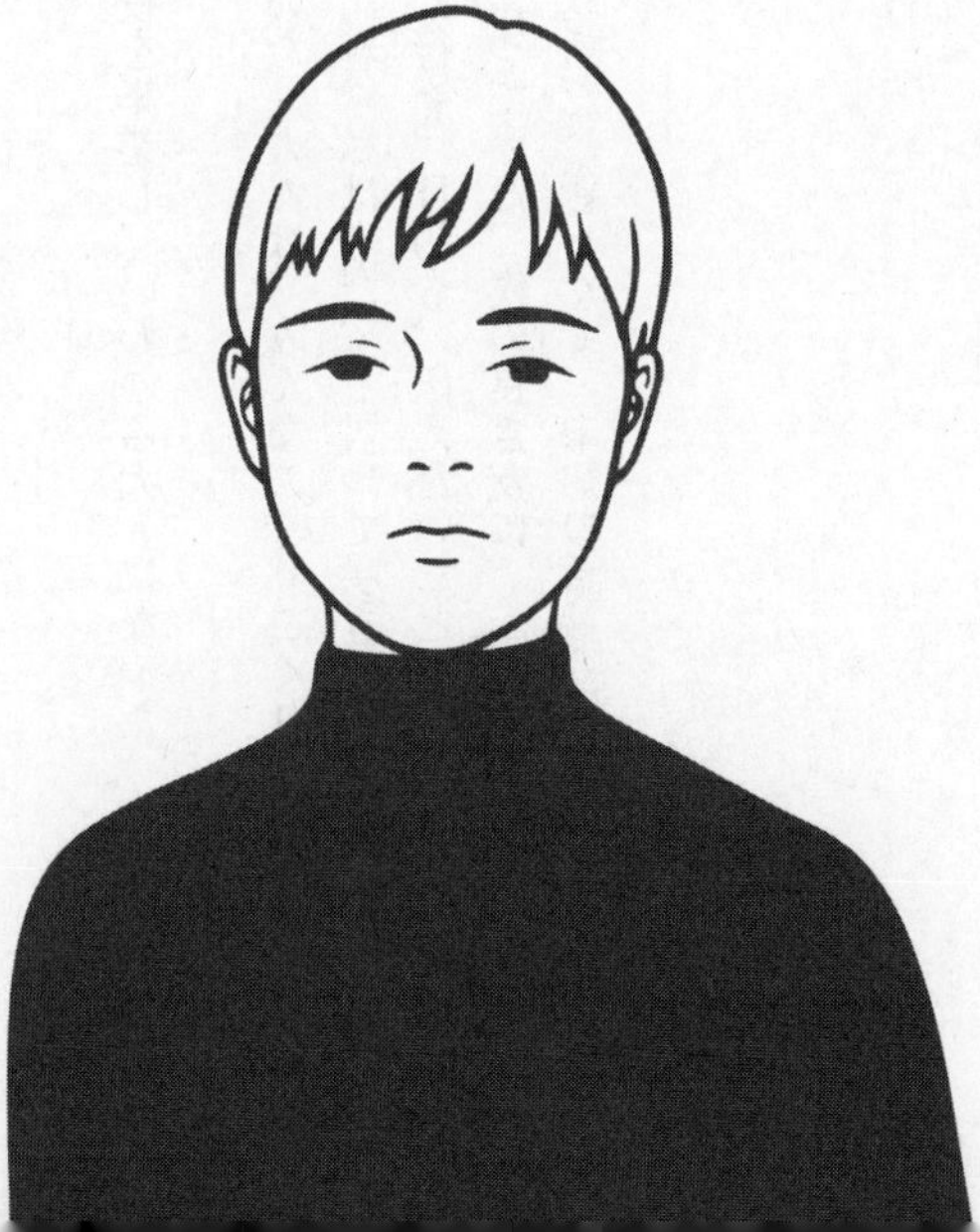

十九回目の春がやって来た。僕は高校を卒業し、いわゆる大人になった。

バスの中には、けだるい歌が流れていた。人々は、みんなこくりこくりと居眠りをしている。車窓の外を春が通り過ぎる。春、春、私は春だ、と言って咲き競う多くの花たち。その花を通り過ぎて、僕はゴニに会いに行く。目的も、伝えたいこともない。ただなんとなく。会いに行く。みんなが怪物だと言っていた、僕の良き友に。

ここからはこれまでとはまったく違う話だ。新しくて、未知の話。

その話がどんな話になるかは、僕にもわからない。前にも言ったけれど、実際の話、どんな物語でも、本当のところそれが悲劇なのか喜劇なのかは、あなたにも僕にも、誰にも永遠にわからないことだから。そんなにすっぱり分けることなんて、初めから不可能なのかもしれない。人生は、そのときそのとき、いろんな味を味わわせてくれながら、ただ流れていく。

僕はぶつかってみることにした。これまでもそうだったように、人生が僕に向かってくる分だけ。そして僕が感じることのできる、ちょうどその分だけ。

【原注】

※　アレキシサイミア、すなわち失感情症は、一九七〇年代に初めて報告された情緒的障害だ。児童期に情緒発達の段階をきちんと経ることができなかったり、深刻なトラウマを負った場合、あるいは先天的に扁桃体が小さい場合に発生すると知られている。扁桃体が小さいと、感情の中でも特に恐怖をあまり感じることができない。しかし恐怖、不安感などに関係する扁桃体の一部は、後天的な訓練によって成長できると報告されている。この物語では、医学的知見に基づき、作者の想像力も加味してアレキシサイミアを描いている。

※　二一〇頁で言及している恐竜に関する童話の本は、バーナード・モストの『ちっちゃい恐竜集まれ』（ピリョンソ、二〇〇三）【原題：The Littlest Dinosaurs（Houghton Mifflin Harcourt, 1989)】である。本文中の恐竜についての記述はこの本に拠っているが、恐竜の大きさについてはさまざまな見解がある。

【訳注】

1　本書では、年齢は原文通り数え年で表記している。満年齢は、数え年より二歳下（誕生日より前)、または一歳下(誕生日以後)になる。「僕」のこの時の満年齢は四歳。なお、韓国では二〇二三年六月に、年齢表記を満年齢とする法律が施行された。

2 韓国で愛唱されている行進曲調の童謡。歌詞は「進め、進め、……地球は丸いから、ずっと進めば、世界中の子どもに会えるね……」。

3 赤ちゃんの生後百日の祝いの日のこと。

4 満一歳の誕生日のこと。韓国では子どもの無事の成長を祈って盛大に祝う。

5 「針泥棒が牛泥棒になる」小さな悪事を繰り返していると、大きな罪を犯すようになるという意味の格言。

6 「ジウン」は「(文章などを)創った」という意味。「ジウン」と「イ(人)」をつなげた「ジウニ」は作者という意味。

7 数え年の年齢は、生まれた年を一歳とし、以後正月が来るたびに一歳ずつ加えていく。

8 P・J・ノーランは、作者が設定した架空の人物。

9 高麗・李氏朝鮮時代の支配階級となった身分のこと。十九世紀頃になると、両班人口は急増し、支配階級としての意義は薄れた。

10 朝鮮の伝統的な芸妓のこと。

11 邦訳タイトルは『愛するということ』（エーリッヒ・フロム著）。

12 韓国の高校で広く行われている、学校に残っての夜間自主学習のこと（「ヤジャ」と呼ばれる）。半強制的で、学校で夕食を食べてから夜の九時、十時まで行われる。

13 コシウォン（考試院）は、伝統的に考試（国家試験）を受ける学生たちが滞在した、机と寝るスペースだけの狭い部屋。現在も学生などの一人暮らし用の住まいとなっている。

解説　分かり合えない他者を分かろうとする力

書評家　江南亜美子《えなみあみこ》

現代韓国文学が日本でひろく読まれるようになった契機のひとつとしばしば語られるのが、韓国でミリオンセラーとなったチョ・ナムジュ『82年生まれ、キム・ジヨン』（斎藤真理子訳／筑摩書房）の邦訳が、二〇一八年十二月に刊行されたことだった。キム・ジヨンという、現代に生きるごくふつうの専業主婦の生《お》い立ちを振り返りながら、彼女が受けた理不尽な出来事や忍耐を強《し》いられた女性差別のエピソードをたんたんと列挙していくこの物語に、同じ東アジアの家父長制的価値観を持つ日本の読者たちは身につまされる思いを抱《いだ》いたのである。

もちろんそれまでにも優《すぐ》れた韓国文学は日本に紹介されていた。ただ、国家や政治に翻《ほん》弄《ろう》される個人のありようといった大きな物語が、その重厚さによって評価されていた風潮を、『82年生まれ、キム・ジヨン』が変えたのだといってもいいかもしれない。ここから、現代社会における女性の生きづらさというテーマを持つ作品がいくつも、共感できるフェミニズム文学として、さまざまな日本の出版社から刊行されていく。それはいまなお続くブームを形成した。フェミニズム問題にとどまらず、経済格差の問題も、能力主義による人々の疲弊感も、マイノリティたちへの不寛容に対する怒りも、なにより政治への不満もあらわにしながら小説をものしていく韓国の作家たちのパワーを、日本の読者は新鮮な驚きとともに歓迎したのだった。社会で起きた問題が、個人の日常と結びつき、その色彩を変えてしまうという当たり前のことに、韓国文学があらためて気づかせてくれたのだ。

　そうした事情から、どちらかといえばシリアスなリアリズム的な物語がおおく紹介されてきた韓国文学だが、当然ながら作家の個性は多様であり、表現スタイル（形式）にも幅がある。SF的装置をつかって描くものや、ミステリーの要素を生かした作品、時代考証と史実に基づく歴史小説なども、昨今はどんどん翻訳されている。現代日本文学がひとあじではないのと同様に、韓国文学にもさまざまな味わいがある。

　いわゆるエンターテインメントとしての小説の側面を持ちリーダブルでありながら、真《しん》摯《し》なテーマで大ヒットとなったのが、本書、ソン・ウォンピョンの『アーモンド』であろう。「書店員が売りたい本」というコンセプトで選出される「本屋大賞」は、日本でよく知られるようになった文学賞だが、二〇一二年から新設された翻訳小説部門において二〇二〇年の受賞作となったのが『アーモンド』だった。ちなみに著者のソン・ウォンピョンは、二二年に『三十の反撃』でも同賞を受賞しており、現時点で複数回にわたって栄誉を受けた作家は彼女だけだ。

『アーモンド』という作品は、人よりも脳の一部である扁桃体《へんとうたい》（アーモンド）が先天的に小さく、喜びや悲しみ、愛や恐怖といった感情の起伏をほとんど感じられない十六歳の少年ソン・ユンジェの姿を通して、「心」とはなんなのか、感情とは脳のどんな働きの作用なのかを探《さぐ》っていく小説である。実際に扁桃体が、ひとの恐怖や怒りといった感情と関係することは科学的に証明されており、その情動反応は「闘うか逃げるか反応」とも呼ばれている。ユンジェはこの情動反応にとぼしい。ゆえに未就学児のときに見知らぬ少年の傷害事件に遭遇したさいも、また十五歳のとき、大好きな祖母とシングルマザーの母が目の前で通り魔に襲撃されても、泣きも嘆きもしなかったのだ。〈感情という単語も、共感という言葉も、僕にはただ実感の伴わない文字の組み合わせに過ぎない〉

病院では「失感情症（アレキシサイミア）」と診断され、学校では変人扱い。それでも母の教えの通り、感情というものを「学習」して、ふつうのひとを擬態してやり過ごそうとするユンジェの努力のさまが、まずはひとつの読みどころだろう。恐怖心を持てないことも問題だが、愛や喜びといったプラスの感情も、彼は持てないのだ。だから母とばあちゃん、自分の三人で暮らしたソウルの水踰洞《スユドン》の古本屋兼住居のことを、最大限にポジティヴに表現しても「居心地が良い」としか言えないのだが、それはまぎれもなく幸福を意味していたはずだ。

しかしあるクリスマスイブの夜、くしくも誕生日でもあったその日、事件は起きる。世を憎悪する男による、無差別殺傷。祖母は死に、母は命をとりとめたものの植物状態となる。リストラにあった半地下生活者で、退職金をもとに開業したチキン屋も失敗に終わった、やぶれかぶれの男の犯行だった。これでユンジェはよりタフな人生を歩まざるを得なくなるわけだが、救いの手がないわけではない。物理的に援助してくれる大人もあらわれる。が、もっとも大きな変化は、ゴニというならずものの少年によってもたらされるのだ。

高校のクラスの嫌われ役を気取るかのようなゴニは、ユンジェに対して腫《は》れ物に触るようには接してこない。むしろ積極的にちょっかいを出し、喧嘩《けんか》を仕掛けてくる。そんなゴニに恐怖心を持たないユンジェはこう言う。〈みんなだってうわべでは怖がってるふりをしてるけど、内心では君をバカにしてるんだから〉。暴力で始まった関係はやがて、「怪物」と呼ばれる者同士の共鳴を起こし、互いに心を開きあうようになる。ゴニは、自尊心というものをユンジェに教えようと手を尽くす。ユンジェは、ゴニに結果的に弱さを受け入れることを教えるのだ。複雑な過去を背負って激しい情動のままに生きてきたゴニ少年と、先天的に感情にとぼしいユンジェ少年の、いびつながら特別な友情のさまもまた、ストーリー上の大事な読みどころである。

本作がユニークなのは、ユンジェの視点で進行するために心理描写はほぼなく、ひとの表情や出来事がありのままにうつしとられていく点だ。読者はユンジェの脳の働きを、部分的に追体験することができる。ドラという少女を、つい目が追ってしまうこと。彼女の髪が顔にあたったとき、〈突然、胸の中に重い石が一つ飛び込んできた〉と感じたこと。恋や愛といった抽象概念をつかうことなく、自身の内に湧きでてきた違和感への几帳面《きちょうめん》な言語化は、ユンジェのたしかな成長の証《あかし》にもなる。

物語はこのあと、絶体絶命の窮地に追い込まれたゴニに示したユンジェの献身を描いてクライマックスへといたるのだが、未読の読者のためにも詳細はふせておくことにしたい。しかしながら〈ゴニはいい子です〉というユンジェのきっぱりとした宣言と、〈彼は、僕の友だちだから〉という確信は、誠実に他者に関与することの意義を、私たち読者につよく印象づける。他人の上《うわ》っ面《つら》だけを見て、ひとつのレッテルを貼り付けてしまっていないか。〝ふつう〟という規範から外れるひとに関わらないことが最善だと決めつけていないか。

ユンジェの行動は、シンパシーの感覚を持たずとも、他者を理解しようと努力することができることを、分かり合えない他者を、自分と同じかそれ以上に大切にすることができることを、私たちに教えてくれるのだ。

『アーモンド』という作品は、時代も場所も超えて、おおくの読者に届く普遍的な物語だといえる。少年の成長を描いたヤングアダルト小説であるというのも、優れた韓国文学であるというのも、間違った情報ではないが、ひとつのレッテル貼りにすぎない。読んでみてはじめて分かる感動が、この作品にはたしかにある。

作者の言葉

四年前の春、子どもが生まれた。面白いと思ったことはいくつかあったけれど、産むのに苦労したわけでもないし、特に感動もなく、ただ物珍しさとおぼつかなさでいっぱいだった。でも何日か経《た》つと、ベッドの上でのそのそと動く赤ちゃんを見るたびに勝手に涙があふれるようになった。今でも、どうにも説明するのが難しい。どんな感情も当てはまらない涙だった。

赤ちゃんはあまりにも小さかった。低いベッドから床に落ちただけでも、何時間か一人にしておいただけでも、命が途切れてしまいそうだった。自分の力では何もできない生命体がこの世に投げ出されて、宙に向かってじたばたもがいていた。自分の子だという実感もあまりなく、いなくなって捜すことになったとしても、見つけ出す自信もなかった。自分に質問を投げかけてみた。この子がどんな姿であっても、変わりなく愛を与えることができるだろうか。期待とまったく違う姿に成長したとしても？　その問いから、「果たして私だったら愛することができるだろうか？」と首をひねってしまうような子が二人生まれた。それがユンジェとゴニだ。

毎日毎日、子どもが生まれている。すべての可能性が開かれている、祝福されるべき子どもたちだ。でも彼らのうちの誰かは社会の落伍者《らくごしゃ》となり、誰かは偉くなって人に命令する立場になったとしても心はねじ曲がった人になるかもしれない。あまり多くはないかもしれないけれど、与えられた条件を克服して、感動を与える人に成長することもある。

ちょっとありきたりな結論かもしれない。でも私は、人間を人間にするのも、怪物にするのも愛だと思うようになった。そんな話を書いてみたかった。

初稿は赤ちゃんが四か月だった二〇一三年八月にひと月で書いた。その後、二〇一四年の末にひと月、二〇一六年の初めにひと月、集中的に手を入れた。でもそれ以外の時間も、心の中ではいつも二人の少年の物語が気にかかっていた。つまり、構想から完成まで、まる三年以上かかったわけだ。

惜しみない愛によって、精神的に満たされた人生をプレゼントしてくれた両親と家族に感謝する。かつては、そんな私には作家になる適性がないと思って、自信をなくした時期もあった。しかし、年月を経てその考えは変わった。平穏に過ごした成長期の中で受けた応援と愛、無条件の支持がとても有難くて貴《とうと》いことなのだとわかったからだ。それが一人の人間にとってどれほど大きな武器になるのか、世の中を、何の偏見も持たずにいろいろな見方ができる力を与えてくれるのか、親になって初めてわかるのだ。

私は、社会的な問題について積極的に立ち上がったり行動したりするタイプではない。ただ私の心に浮かび上がった物語を、文章にして汲《く》み上げただけだ。この小説によって、社会の中で傷ついた人たちに、特にまだたくさんの可能性が開かれている子どもたちに差し出される手が多くなればと思う。大きすぎる願いかもしれないけれど、それでもそう願う。子どもたちは愛を切望すると同時に、誰よりも多くの愛をくれる存在だ。あなたもかつてはそうだったと思う。私も、私が一番愛する人の名前を、私にたくさんの愛をくれた人の名前を、この本の最初に記す。

二〇一七年春

ソン・ウォンピョン

訳者あとがき

『アーモンド（아몬드）』（チャンビ、二〇一七）は、ソン・ウォンピョンの文壇デビュー作である。二〇一六年、第十回チャンビ青少年文学賞を受賞した本書は、韓国では二〇一七年三月の刊行以来二年以上もベストセラーの上位を維持し続けている。販売部数はすでに三十万部を超え、世界十三の国と地域で翻訳出版が予定されているという。本書に数か月遅れて刊行された著者の二作目『三十の反撃』も、第五回済州4・3平和文学賞を受賞するなど、彼女は今、韓国で最も注目されている若手作家のひとりだ。

ソン・ウォンピョンは一九七九年生まれ。二〇〇一年に『シネ21』映画評論賞を受賞した後、韓国映画アカデミーで映画の演出を専攻し、「人間的に情の通じない人間」（二〇〇五）、「あなたの意味」（二〇〇七）など短編映画の脚本、演出を手掛けてきた。現在は初の長編映画の製作に取り組んでいる。

映画人として実績を積み重ねてきた彼女が、本格的に小説の執筆に取り組み始めたのは、二〇一一年に結婚してからのことだ。その後二〇一三年に出産を経験し、子育てをしながら執筆を始めたのが、本書だ。

『アーモンド』は、感情を感じられず他人の感情もわからない主人公ソン・ユンジェと、物心もつかないうちに親とはぐれて不良少年となったゴニ、二人の少年の成長物語だ。それぞれの理由から「怪物」と呼ばれ、クラスの仲間からも社会からも浮いた存在だった彼らが、さまざまな出来事を経験し、失ったものを取り戻しながら成長していく過程が、ユンジェの視線で淡々と語られる。

本書では、著者の映画でのキャリアも存分に発揮されている。読みやすく無駄のない文章を通して、ユンジェの目に映る感情の無い世界が、まるで映像を見ているように、本当に音が聞こえてくるかのように伝わってくる。テンポの速いストーリー展開と相まって、読者は一気に物語に引き込まれてしまう。それがこの本の人気を支える大きな理由になっているようだ。

読みやすいと評されることについて著者は、主人公の独特な視線のためではないか、感情が感じられない分、起きていることがありのままに描かれるので、自然と余計なものが省かれたのではないかと分析してみせる。

青少年文学賞を受賞した本書だが、発売以来、十代から六十代まで幅広い世代の韓国の読者の心をつかみ、共感の喪失という社会の問題を扱いながら文学的感動を伝える〝社会派ヤングアダルト小説の誕生〟と評されている。ネット上には「一度読み始めたら止まらない」「夢中で読み切ったが、余韻がずっと続いている」などの声が数多く寄せられている。

物語は、ユンジェの視線を通して、「共感」と「愛」について私たちに問いかける。

短期間に急成長した韓国社会を表すキーワードは「競争」だ。厳しい受験戦争、就職戦線、高い失業率……。人に先んじなければ、少しでも多くのものを持っていなければ生き残れないのだ。他人の痛みに寄りそうどころか、自然な感情さえ持っていては生きづらい社会の中で、「共感」が育つ余地はどんどん小さくなっている。そして、それは日本の現状とも相通じるのではないか。

SNSの急速な普及により、情報のやり取りは以前よりもはるかに緊密かつ大量に行われるようになった。しかしその一方で、人と人との直接のふれあいは減り、その分、ふれあうことで育つ感じる力、共感する力も弱くなっているように見える。

現代を生きる私たちは、自分に関係のあることでなければ、たいていは「感じても行動せず、共感すると言いながら簡単に忘れ」（二五六頁）て暮らしているのだ。

ところが、物語の中のユンジェは、誰も近づこうとしなかったゴニの心を理解しようとする。感情がわからないがゆえに、本物の共感とは何か、と問い続けるのだ。そして、ゴニと向き合う時間は、ユンジェに「愛」というものを気づかせる。

「人間を救えるのは結局、愛なのではないか。そんな話を書いてみたかった」と著者は語っている。「愛とは、〝種〟に注がれる水と日差しのようなもの。人に対してもう一度注がれる視線とか、決めつける前になぜそうなったのか質問してみること、それが愛なのではないか」と。

頻発する暴力事件やいじめ、虐待など、私たちの社会で起きているさまざまな問題の多くは、共感の欠如がその根底にあると言われる。本物の「共感」ができる力を取り戻すため、私たちは、著者が提示する「愛」についてあらためて深く考えてみる必要があるのではないか。

本書に続いて刊行された『三十の反撃』では、非正規職で働く三十歳の女性の、社会の不条理への小さな反撃が描かれる。この二つの作品について著者は、「『アーモンド』が人間という存在そのものへの問いかけだとすれば、『三十の反撃』はどんな大人になるかという問いへの答え」だと語っている。『アーモンド』のユンジェは、これからの人生で遭遇する社会の荒波をどう乗り越えていくのだろう。三十歳になった時、彼はどんな大人になっているのだろう。

本書の出版にあたって、多くの方々のお力をいただいた。祥伝社文芸出版部の方々には、丁寧な編集をしていただき大変心強かった。感謝したい。京都大学こころの未来研究センター特定准教授（※現・理化学研究所ガーディアンロボットプロジェクト心理プロセス研究チームチームリーダー）の佐藤弥博士には、扁桃体関連の記述について有益なご助言をいただいた。心から御礼申し上げる。また、韓国側との調整をしていただいたK-BOOK振興会の金承福さん、伊藤明恵さん、翻訳・出版のサポートをして下さった韓国文学翻訳院（※当時）の李善行さんにも感謝したい。

最後に、映画の撮影中にもかかわらず、訳者の細かい質問に答えてくださった著者ソン・ウォンピョンさんに感謝する。

彼女はインタビューで語っている。「これからも映画と小説の両方をやっていきたい。映画はとにかく共同作業で仲間と一緒に作る喜びが大きい。小説は人物や世界観をより奥深く表現できる。違うからこそ、どちらにも魅力を感じる。ふたつが与えてくれる楽しみが、自分の中でひとつになるんです」

次に彼女がどんな世界を見せてくれるのか、楽しみだ。

二〇一九年　初夏

矢島暁子

（※）は文庫化にあたり加筆したものです。

文庫版刊行にあたって

『アーモンド』が日本に上陸して五年が経ったこの夏、文庫版として刊行されることになった。本書はたくさんの読者の方々に愛され、二〇二〇年にはアジアの本として初めて本屋大賞翻訳小説部門第一位を受賞し、さらに多くの皆さまに読んでいただく機会を得た幸福な作品である。韓国での刊行部数も一三〇万部となり、三十の国と地域で翻訳出版されるなど、現在も世界中で新しい読者が増え続けている。なお、韓国では当初チャンビから刊行されていたが、二〇二三年七月からはダズリングから刊行されている。

著者ソン・ウォンピョンは、この『アーモンド』に続いて、『三十の反撃』（拙訳、二〇二一年刊、二〇二二年本屋大賞翻訳小説部門第一位）、『プリズム』（拙訳、二〇二二年刊、二〇二三年本屋大賞翻訳小説部門第二位）、『他人の家』（吉原育子《よしはらいくこ》訳、二〇二三年刊）、そして『ＴＵＢＥ（チューブ）』（拙訳、二〇二四年刊行予定）と旺盛《おうせい》に小説の執筆を続けている（以上いずれも邦訳版は祥伝社刊）。また、二〇二〇年には念願だった初の長編映画監督作品『食われる家族』（原題『侵入者』）の劇場公開を果たしている。

文庫化にあたり解説執筆の労をとってくださった江南亜美子《えなみあみこ》さん、単行本『アーモンド』の刊行以来編集を担当してくださっている祥伝社文芸出版部の中川美津帆さんに感謝する。そして、いつも変わらずに「水」と「日差し」を注いでくれる家族の矢島達郎、矢島久美子、有山修子と友人たちにも感謝を捧げたい。

最後に、『アーモンド』をお読みくださったすべての皆さまに心からお礼申し上げる。これからも本書が多くの方々に愛され、長く読み継がれていくことを願ってやまない。

二〇二四年六月

訳者

（本書は令和元年七月、小社より四六判で刊行された
作品に、文庫化にあたり加筆修正したものです）

アーモンド

一〇〇字書評

切り取り線

購買動機（新聞、雑誌名を記入するか、あるいは○をつけてください）	
□（　　　　　　　）の広告を見て	
□（　　　　　　　）の書評を見て	
□ 知人のすすめで	□ タイトルに惹かれて
□ カバーが良かったから	□ 内容が面白そうだから
□ 好きな作家だから	□ 好きな分野の本だから

・最近、最も感銘を受けた作品名をお書き下さい

・あなたのお好きな作家名をお書き下さい

・その他、ご要望がありましたらお書き下さい

住所	〒				
氏名		職業		年齢	
Eメール	※携帯には配信できません	新刊情報等のメール配信を 希望する・しない			

この本の感想を、編集部までお寄せいただけたらありがたく存じます。今後の企画の参考にさせていただきます。Eメールでも結構です。

いただいた「一〇〇字書評」は、新聞・雑誌等に紹介させていただくことがあります。その場合はお礼として特製図書カードを差し上げます。

前ページの原稿用紙に書評をお書きの上、切り取り、左記までお送り下さい。宛先の住所は不要です。

なお、ご記入いただいたお名前、ご住所等は、書評紹介の事前了解、謝礼のお届けのためだけに利用し、そのほかの目的のために利用することはありません。

〒一〇一―八七〇一
祥伝社文庫編集長　清水寿明
電話　〇三（三二六五）二〇八〇

祥伝社ホームページの「ブックレビュー」からも、書き込めます。
www.shodensha.co.jp/bookreview

祥伝社文庫

アーモンド

令和 6 年 7 月20日 初版第 1 刷発行
令和 6 年10月15日 第 4 刷発行

著 者 ソン・ウォンピョン
訳 者 矢島暁子《やじまあきこ》
発行者 辻 浩明
発行所 祥伝社《しょうでんしゃ》
東京都千代田区神田神保町 3-3
〒 101-8701
電話 03(3265)2081(販売)
電話 03(3265)2080(編集)
電話 03(3265)3622(製作)
www.shodensha.co.jp

印刷所 萩原印刷
製本所 ナショナル製本
カバーフォーマットデザイン 芥 陽子

Printed in Japan ©2024, Akiko Yajima ISBN978-4-396-35060-4 C0197

〈祥伝社文庫　今月の新刊〉